우리 은퇴해도 괜찮아

시와소금 산문선 · 17

우리 은퇴해도 괜찮아

ⓒ최정화, 2023. printed in Seoul, Korea

초판 1쇄 인쇄  2023년 10월 05일
초판 1쇄 발행  2023년 10월 10일
지은이  최정화
펴낸이  임세한
펴낸곳  시와소금
디자인  유재미 정지은

출판등록  2014년 1월 28일 제424호
발행처  강원 춘천시 충혼길20번길 4, 1층 (우-24436)
편집 · 인쇄  서울시 중구 퇴계로50길 43-7 (우-04618)
전화  (033)251-1195 / 휴대폰 010-5211-1195
전자주소  sisogum@hanmail.net
ISBN  979-11-6325-068-5  03810

값 14,000원

· 이 수필집은 2023년 강원특별자치도 강원문화재단 후원금으로 발간하였습니다.

시와소금 산문선 · 17

# 우리 은퇴해도 괜찮아

최정화 수필집

시와소금

| 차례 |

| 프롤로그 |

# 제1부  은퇴 후 나의 생존기

제4부  우리 이렇게 살아요

# 우리 인생의 주인공은 나였는가

이 세상에 와서 사는 한번뿐인 인생, 우리 인생의 주인공은 나였는가?

정답은 아니었다. 왜 나는 내 인생의 주인공이 되지 못하고 살아왔을까. 태어나서 배울 땐 앞장서 가라고, 달리기에선 1등을 하라고, 연극을 하면 주인공을 하라고, 결혼식을 올릴 때도 하얀 드레스를 입은 주연, 신혼여행까지도 주인공이었다. 여행에서 돌아오는 그날부터 주부로 사는 인생에 있어서 나는 없어지고 누구의 아내, 누구의 며느리, 조금 있으면 누구의 엄마로 평생 살게 되는 게 우리의 인생인 것을. 남편도 마찬가지 인생을 살아온 것 같다.

50대 어느 날, 멈춰 서서 되돌아보게 된 우리의 인생, 우린 은퇴를 선택하게 되었다. 100세 시대 70~80대까지 일을 해야 한다는 강박을 풀어 던지게 되었다. 과연 일 없이도 괜찮을까, 우리 이래도 괜찮은 건가, 고민하고 언제까지 걱정만 하고 있겠는가. 우리 사회가 만들어 놓은 굴레를 훌훌 벗어 버리고 우리의 인생을 살아보기로 한 순간, 자유가 친구처럼 찾아왔다. 랑은 더 이상 출근하지 않았고 우린 한 달 동안 여행을 다녀왔다. 긴 시간을 여행하면서 바쁘게 살아왔던 일상을 뒤로하고 시간을 한없이 느리게 보내봤다. 우리의 마음은 느린 시간의 옷을 입고 즐기게 되었고 그 시간의 여유를 맛보게 되었다. 우린 얼마를 벌어야 만족하고 행복할 수 있을까? 평생 벌어야 하는가. 아이들의 인생까지 우리가 걱정하고 가야 하는가. 아이들의 인생은 아이들의 몫이다. 살다 보니 그런 건 채울 수도, 만족할 수 없다는 걸 알았다.

한번 달리는 기차는 멈추기 어렵다. 다음 정거장에 들어서기 전까지. 정거장에 내려서 우동의 국물을 마시지도 못하고 기차에 오르지 말자. 간식의 달콤함과 휴식을 즐기고 싶다. 정거장에서 쉬는 시간은 이제 우리의 선택에 달렸다. 1년의 세월 아니, 더 긴 시간의 휴식이 될 수도 있겠다. 그러다 또 기차에 올라 또 달려갈 수 있겠지. 정해진 시간이 아닌, 내가 기차 기관사가 되어 선택할 것이다. 달리는 기차 옆은 빠르게 지나쳐 볼 수 없다. 시선을 들어 멀리 바라보면 여유 있는 산의 모습이 천천히 움직인다. 기차의 속도를 나의 운전으로 완급 조절하며 종착역으로 나아가고 싶다.

내 인생의 은퇴 기차는 그대가 손을 드는 곳이 정거장이 될 겁니다. 우리 기차에 오르셔서 함께 떠나 볼까요!

# 우리도 파이어족

꿈꾸는 '파이어족'들이 늘어나고 있다.

30·40대 조기 은퇴 후에 비로소 자신이 원하는 삶을 찾아 살아가기를 선택한 젊은이들이 많아지고 있다. 파이어족은 '경제적 자립'과 자발적 '조기 은퇴하는 사람' 또는 그런 움직임을 말한다. 미래의 나를 위해 지금의 내가 덜 먹고 덜 써가며 돈을 모아 일찍 경제적 자립을 하겠다는 의지를 가진 사람들이다. 소비를 줄이고 극단적으로 저축을 하며 결국은 자신이 하고 싶은 일을 하며 살고 싶은 것이다.

유재석의 유 퀴즈 온 더 블럭에 40대 파이어족이 나왔다. 많이 벌어 놓은 게 있어서가 아니라 최소 생활비를 계산하여 그 금액을 모으고 은퇴했다는 이야기다. 아침 출근의 강박을 벗고 여유 있게 일어나 오전 시간을 누린다. 커피 한 잔에 빵 한 조각으로 가볍게 식사한 후 각자의 시간을 갖는다. 글을 쓰거나 취미를 즐기거나 각자 시간을 보내고 점심을 함께한다. 그들이 여유로움을 갖고 행복해하는 모습을 보았다. 갖추려고 하면 한도 끝도 없을 것을 최소라는 기준점을 달성해서 은퇴 후 소확행의 날들을 지내고 있는 모습이 편안하고 좋아 보였다.

40대, 랑은 슈퍼맨이었다. 화천에서 토목 일을 했는데, 일이 많을 때는 다섯 군데 현장을 오고 가며 관리를 하고 다녔다. 현장과 현장을 바쁘게 돌아다니다 보면 60km 속도위반 범칙금이 계속 날아왔었다. 그래도 아침이면 '감사합니다'를 외치며 현장을 향해 나가고, 저녁이면 파김치가 되어 잠자리에 들었다. 돈도 좋지만 저렇게 달리다 보면 사람 잡겠다는 생각이 들었다.

그럴 때, 랑은 입버릇처럼 한 말이 있었다.
"난 늦게까지 일 안 할 거야, 40대 열심히 일하고 55세에 그만두고, 내가 하고 싶은 일 하면서 살 거야!"

정말이지 말이 씨가 되었는지 55세 되는 해였다. 그때도 일을 계속하고 있었다. 태양광 설치 토목 일을 준비하고 있었다. 회사 일은 계속 있었고 은퇴 준비는 생각도 못 했다. 말과 현실은 다르다고 실감하고 있었다. 공사 일이 시작되길 기다리는 동안이었다. MTB를 타겠다고 쫄 자전거 복을 입고 헬멧을 쓰고 선수용 자전거 신발까지 신고 호기롭게 화천 집을 나섰다.

한 시간쯤 지나서 랑한테 전화가 왔다.
"자기야 나 좀 데리러 와줘."

전화를 받는 순간 무슨 일 났구나! 가슴이 덜컹 내려앉았다.
"왜 그래요? 무슨 일이야? 넘어졌어? 많이 다친 거야?"
난 정신이 없었다.

"아니야 트럭 조심해서 살살 몰고 강변 자전거 도로로 와."
랑의 목소리는 다급하지 않고 차분했다.

'별일 아니겠지? 오랜만에 타보는 자전거라 힘들어서 그런 거겠지. 한 시간 정도 타보니 엉덩이도 아프고 그냥 데리러 오라고 하는 걸 거야!' 순간 나 자신을 위로하며 구불구불한 파로호 길로 트럭을 몰고 강변으로 갔다. 내 생각은 너무나 큰 바람이었다. 어정쩡하게 팔로 기대어 서 있는 모습, 랑의 얼굴은 땀에 젖어 사색이 되어 있었다.

"왜 그래? 어떻게 된 거야?"
나는 머리가 아찔했다.

"괜찮아 자전거 바퀴가 모래에 미끄러지면서 같이 넘어졌어! 그런데 걷지를 못하겠네."
랑의 얼굴은 고통으로 일그러졌다.

랑을 부축해 차에 앉히고 자전거를 차에 싣고 용호리 집으로 갔다. 힘들게 내려 땀을 씻겠다고 욕실로 들어갔다. 옆에서 도와주고 나와 누웠는데

"아무래도 안 되겠어, 그냥 부딪힌 통증이 아니야 병원으로 가자."

랑의 힘없는 모습을 보고 나는 마음이 급해졌다.

우린 119를 불러 춘천에 있는 병원으로 나갔다. 병명은 왼쪽 고관절 골절로 진단 12주가 나왔다. 몹시도 지난한 8월이었다. 입원을 권유한 병원에선 그냥 누워 대소변을 받아내라고 했다. 의사 선생님이 움직이지 말라고 했는데 화장실에 휠체어를 타고 가 보더니 퇴원하여 집에서 누워 있겠다고 고집을 부렸다.

그렇게 병원을 나와 춘천 집으로 갔다. 한 달 정도 누워있다가 휠체어에서 한 달, 목발을 짚고 한 달, 3개월 만에 일어나 12월에는 화천 용호리 집에 가서 도끼를 들고 겨울용 땔감 장작을 팼다. 역시 의지의 한국인이었다. 활동적인 랑의 열정에 골절도 빨리 아문 것 같아 너무 기뻤다. 그리고 우린 조심스럽게 랑의 생각대로 일을 접었다. 회사 일은 워낙 깔끔하게 처리해 온 덕에 어려움 없이 정리할 수 있었다. 넘어진 김에 쉬어간다고 우린 커다란 결정을 내렸다. 위기는 다른 기회를 얻는 신호라고 생각했다.

'정말 말이 씨가 된 건가? 일을 놓겠다고 해 놓고 계속 일을 하고 있어서 그랬는지, 의도치 않은 사고로 일을 놓게 되었지만 우린 두렵지 않았다. 그럼, 이제 우린 어떻게 살 것인가?' 고민하기 시작했다. 우린 이번 생도 이 노후의 삶도 처음이다, 노후를 조금 일찍 시작해 보는 것도 좋을 듯했다. 여행을 가 보자고 했다. 살던 곳을 떠나 보면 시야가 넓어진다. 춘천에서 산 지도 26년이 되어간다. 대한민국을 천천히 훑어보자고 했다. 그래, 우린 나무가 아니야. 한 곳에 뿌리내리고 사는 것도 의미가 있겠지만, 전국 곳곳을 다니며 살아보는 것도 우리 생에 가능한 일이라는 생각이 들었다. 2021년 되는 해에 나도 하던 일을 마무리 짓고 12월 5일 첫발을 내디뎠다.

첫 번째 장소로 '제주 한 달 살기'로 정했다. 주위에서 모두의 로망을 시작한다며 축하해 주었다. 모르면 용감하다고 '일단 시작해 보는 거야.' 우리의 애마와 함께 완도에서 제주행 여객선에 올랐다. 멀어지는 육지를 뒤로하고 파도의 포말과 함께 먼바다로 나아갔다. 우리의 미래가 바다 위에 펼쳐지는 경이로움을 느끼며.

# 살아내기

100세 시대를 살고 있으니, 반을 넘게 살아낸 것이다.

넌 다시 태어난다면 언제로 돌아가고 싶니? 많은 질문 중의 하나다. 그래! 내가 다시 태어난다면 언제가 좋을까, 과연 돌아가고 싶을 때가 언제일까, 깊은 생각에 잠시 빠졌다. 10대? 20대? 30대? 아님, 40대. 내 생각이 시공을 초월해 엄마 품에 안긴 나의 아기 시절로, 학창 시절로, 사회인으로, 결혼생활로, 지금의 모습으로 넘나들었다. 긴 시간을 살아왔다고 생각한 시간이 주마등처럼 스쳐 지나가며 기억의 일면들이 떠올랐다. 쭉 나열된 나의 모습들, 나인 듯 나 아닌 듯 낯설게 보여 눈을 질끈 감았다.

지금의 생활 모습과 너무나도 다른 60년대의 아기로 다시 태어나는 건 나의 의지로 산다고 볼 수 없으므로 패스 그럼, 학창 시절은 친구들과 즐거운 건 좋지만 공부하러 가고 싶지 않아 패스, 사회인으로 다시 살아보고 싶은 생각은 든다. 결혼생활은 이유 없다 패스, 아니! 제일 이유 많다. 가장 낯설고 역동적이고 적응했다고 생각해도 또 다른 낯섦이 시시때때로 밀려들어 곤혹스러운 생활이 아닌가 싶다. 산다는 것은 살아내기가 아닐까?

언젠가 나의 일에 심취해 있을 때 랑이 던진 말이다.
"자기는 자신만을 위해 살잖아. 다른 가족들은 보이지 않고 고집스럽게 자기 일만 하는 사람이라고."

그렇게 말하는 랑이 서운했다. 내가 사업을 하는 것도 아니고 가정주부로 살아왔는데 홀시어머니에 아이들, 남편 회사 일까지 하며 살았는데 알 수가 없었다. 끝없이 엄마로 주부로 살기를 강요한다. 결혼생활은 나는 없이 가족을 위해 살아야만 하는 것이다.

랑 동창 모임으로 1박2일 대천에 내려갔었다. 올라오는 고속도로 중앙선 부근에 붉은 장미로 만든 커다란 하트가 내동댕이쳐져 있었다. 저게 뭐지? 결혼식 끝나고 신혼여행 갈 때 웨딩 카 보닛 위에 장식된 장미꽃 같은데, 달리다 떨어졌나 보네. 신혼여행을 떠나는 웨딩 카에서 장미 하트가 날아가 버리는 상황이 눈앞에 그려졌다. 마냥 행복한 두 사람 눈앞에서 사라져 버린 하트는 결혼식 올린 첫날, 불길한 예감이 들지 않았을까? 안타까워하는 신부의 얼굴이 떠올랐다. 행복한 미래를 꿈꾸며 신혼 여행길에 벌어진 황당함에 얼마나 당황했을까? 멈출 수도, 돌아갈 수도 없는 고속도로 길에서. 이것이 인생 아닐까? 신혼여행에서 돌아오자마자 현실로 돌아온다고, 삶이란 누군가는 결혼식이 행복 끝 불행 시작이라 안 했던가.

그랬다. 결혼생활은 생각대로 되는 것보다 일상이 돌발이었다. 시댁은 비무장지대 지뢰밭이다. 예상할 수 없는 일들과 알지 못했던 시댁 식구들이 모습들, 언제 어떤 모습으로 다가올지 모를, 언제 터질지 모를 지뢰다. 아침에 한 줄기 햇살에 눈이 부셔 잠을 깨고 모닝커피로 하루를 시작하는 여유로운 시작이 아닌, 눈뜨고 세수하기 바쁘게 아침밥을 만들어 내는 공사다망한 생활이다.

그래서 그렇게 화려하게 결혼식을 열어주고 둘만의 달콤한 신혼여행을 즐기고 돌아온 현실 속에서 살아내기를 강요하는 것인가 보다. 시집살이와 남편 뒷바라지, 출산과 육아, 경조사 챙기기, 아이들 대학 졸업할 때까지 사랑으로 던져진 의무감으로 살아내야만 나머지 나의 삶을 온전히 살 수 있는 여유가 온다. 누구 부인, 누구 엄마, 가정주부로 살아 내야만이 얻을 수 있는 비로소 내가 된다. 아무 준비 없이 문득 나이 든 낯선 나로 살아가기엔 세상이 그렇게 녹록지 않다. 아이들이 성장해 떠나가는 시기에 '빈 둥지 증후군'을 겪는 중년의 모습은 자유의 기쁨보다 안쓰러움이 넘친다.

산다는 것은 나의 의지와 상관없이 세상에 어느 날 존재한다. 아기에서 어른으로 살아내야 하는 얼마간의 기간이 필요하다. 그 기간은 의무감을 갖고 살아내야 한다. 잠시 한눈을 팔아 부족한 공부를 한다거나 나의 개인 생활을 잠시 즐긴다면 넌 너만 생각하며 산다는 말을 듣는다. 또 자유가 생겨도 가정의 평화를 위해 주부로 살아왔으니 다른 일 선뜻 하기 겁이 난다.

백 세를 산다면 반을 살아온 지금 그만큼을 또 살아내야 한다. 하지만 두 살아내기는 다른 삶이 된다. 누구를 위해서 살아낸 삶과 나를 위해 살아내는 삶은 분명 다르다. 아주 긴 시간을 살아온 만큼 별 탈 없다면 그만큼의 시간을 살 것이다. 언제 밟을지 모를 지뢰밭을 마음 졸이며 사는 삶이 아닌, 나의 의지와 나를 위한 시간을 사는, 조금은 여유 있는 삶을 만들어 가야겠다.

살아내기에 바빴던 시간 위에서 잠시 멈추고 한 호흡 쉬어 보았다. '지나간 것은 지나간 대로' 노래 가사처럼 서운한 것도 없이 후회 없이 다시 마음 다잡고 가면 된다. 이제 걱정도 내려놓고, 욕심도 내려놓고, 마음 가는 대로 살아갈 것이다. 아름다운 정원을 가꾸고 살아가는 동안 가족 모두 언제나 찾아와 힐링하고 돌아갈 수 있도록 준비하고 싶다.

# 자연과 건강의 상관관계

몸이 한 해 한 해가 다르다는 말을 들었다.

그 소리가 무슨 소리인지 못 알아들었었다. 이제는 내가 그 말을 자주 하고 몸으로 느끼는 나이가 되었다. 건강은 건강할 때 지키라는 말은 쉽게 하는 말이지만 어디 지키기가 쉬운가? 문밖으로 나가면 왼쪽으로 공치천 산책길이고 오른쪽으로 가면 석사천 산책길로 갈 수 있다. 난 가벼운 옷을 입고 문을 열고 나가면 된다. 의사 선생님이 권하는 운동은 걷기다. 준비할 것도 없고 운동화만 신고 집 밖으로 나가면 된다. 걷기 운동은 간편한 복장에 선글라스만 걸치면 된다.

몇 년 전 남편은 자다가 자주 깨고 가슴이 뻐근하고 숨이 편하게 쉬어지지 않는다고 했었다. 병원에 가자고 해도 '괜찮겠지' 하면서 버티다 대학병원으로 갔다. 병원에서 알게 된 병명은 가슴 혈관 벽이 조금씩 좁아지기 시작했다는 진단이다. 고지혈 약 처방 받고 금연하라는 의사의 권유에 바로 보건소 금연센터를 찾았다. 몸에 이상이 느껴지니 금연할 생각을 먼저 해줘서 나는 고마웠다. 금연 보조품과 금연 프로그램을 통해 금연에 성공하고 2년을 계속 금연 중이다.

이제는 몸의 신호를 알아차려야 한다. 눈은 우리 둘 다 노화가 진행 중이다. 거울을 자주 보고 눈의 떨림이나 눈동자를 흐리게 하는 현상이 생기면 안과를 찾아 확인해야 한다. 일을 하고 있을 때는 몸을 돌볼 겨를 없이 일을 우선순위에 두니 몸의 신호를 무시해 왔다. 은퇴 후 시간 여유가 생기니 몸의 반응이 여기저기 일어났다. 시간이 느슨해지고 내 몸의 반응을 다 느낄 수 있다 보니 갑자기 아파지는 곳이 많게 보였다. 또 몸이 약해지고 면역력이 떨어지는 시기이기도 하다. 오래 사용한 냉장고 세탁기도 여기저기 고장 나는데 사람 몸이라고 다르겠는가. 삶에서 술래잡기 하다가 노후라는 술래에게 잡히듯 백기 들고 모습을 하나하나 드러내고 만다.

이번 봄은 여러모로 우리에게 도움을 주었다. 공지천으로 들어서면 천 주변으로 오래된 벚나무가 줄을 지어 서 있다. 올해는 코로나19로 쓰던 마스크도 해제가 되어 지역마다 벚꽃축제가 사람을 기다렸다. 3월 이른 봄이라 아직 벚꽃 가지에 꽃망울은 보이지 않았다. 아침 7시에 일어나 기대하는 마음을 안고 우린 공지천으로 향했다. 성질 급한 아파트 마당 양지쪽에 이른 매실 꽃이 주먹 쥐듯이 몽글몽글 맺혔다. 향긋한 향내가 우리를 유혹했다. 공지천 벚꽃도 궁금해지기 시작했다. 산책길은 공지천으로 연결되어 걷기 편하다. 이렇게 시작된 봄맞이 공지천 산책 중에 빈 가지에서 꽃들이 만개하여 흩날리는 과정을 오롯이 느꼈다. 사람들의 발걸음도 파도일 듯 공지천으로 천으로 흘러갔다. 핸드폰 속으로 들어온 꽃들은 톡톡거리며 파도 타고 멀리멀리 전달되었다. 진해 벚꽃축제도 강릉 벚꽃축제도 부럽지 않았다. 매일 아침 공지천으로 향하니 아기가 자라듯이 꽃들이 주먹 쥐고 맺혀 하나둘 손바닥을 활짝 펴고 바람 따라 비 따라 꽃비를 내려주는 황홀한 시간을 느꼈다. 오전 걷기는 우리의 건강관리 시간으로 정하여 꾸준히 하기로 했다.

공지천 물닭들의 싱크로나이즈를 감상하고 개나리의 노란 물결을 감상하는 즐거움이 있었다. 무엇보다 벚꽃의 하얀 무도회는 봄날의 절정을 느끼게 해주었다. 흰색의 황홀함과 소박한 화려함은 정갈하고 귀여움의 극치를 보여 주었다. 내가 그 벚꽃을 불러주고 그를 봐야 느낄 수 있다. 자연은 늘 그렇게 말없이 계절에 따라 거기에 있었다. 바쁘다는 이유로 눈길 주지 못하고 멀리 축제를 하루 다녀오면 그것으로 충분했었다. 이렇게 가까이 축제의 한 장을 보여주는 공지천을 가까이 두고 매일매일, 꽃길을 걸으며 건강도 지키고 풍경 속에 빠져 봄을 온전히 가졌다.

산책길 옆에 자전거 도로가 있다. 자전거를 타고 가는 사람이 많았다. 은근히 걷다 보니 자전거를 타고 가는 것도 좋아 보였다. 나도 자전거를 타고 싶었다.

다음 날 아침, 자전거를 통로에 결박시켜 버려두었더니 바퀴의 바람이 빠져있었다. 관리실 앞에 있는 공기 주입기로 데려가 바람을 넣어 주니 다행히 바퀴가 빵빵해졌다. 모자를 쓰고 샛길로 나가려는데 봄바람이 세차게 불어왔다. 모자와 머리카락이 흩날려 순간 시선을 가리자 갑자기 몸이 붕 튀어 자전거에서 떨어졌다. 같이 나갔던 딸이 놀라

달려왔다. 무릎도 아프고 손바닥도 아프고 잠시 쓰러진 채 있었다. 지나가던 사람들도 다쳤냐고 물었다, 애써 '괜찮아요' 했지만, 충격은 적지 않았다. 여기서 그냥 들어가면 난 아마도 자전거는 다시 탈 생각을 하지 않을 것 같았다. 벤치에 앉아 좀 쉬었다가 자전거에 다시 앉았다. 두려워하지 않고 자전거 페달을 밟고 길로 나갔다. 머리를 다친 것은 아니지만 안전을 위해 자전거 헬멧을 쓰고 보호 장치를 해야겠다. 자전거 바퀴도 바람 빠지지 않게 관리를 하고 나도 안전하게 자전거를 타야겠다.

걷기도 매일은 아니더라도 주기적으로 꾸준히 습관처럼 해야겠다는 생각이 드는 하루였다. 음식도 운동도 유행처럼 무엇이 좋다고 하면 따라 했다가 시들해지지 말자. 이렇게 보니 우리가 건강에 좋다고 무작정 걷기만 했으면 작심삼일이 될 수도 있었겠다. 이제부터 시작해도 늦지 않는다. 지금 바로 시작하면 우리에게 좋은 습관이 생길 것이다.
'21일 동안 한 가지의 행동을 계속하면 뇌의 변화가 생기고 그것은 66일 동안 지속하면 90% 습관이 된다.' 라고 한다. 두 달 동안 걷다 보면 몸이 기억하고 6개월을 꾸준히 하다 보면 우리의 일상이 되어 숨을 쉬듯 하게 될 것이다.

건강은 건강할 때 지키면 더욱 좋겠지만 그렇지 못했다 하더라도 지금부터, 오늘부터 시작해 보자. 그리고 단순히 걷기 외에 하고 싶어지게 동기를 만들자. 예쁜 길 걷기, 카페 찾아 걷기, 약사천길, 작은 도서관 찾아가는 길, 공지천 산책길, 우리 동네 골목길 걷기 등등. 자연과 함께 이유 있는 걷기 말이다.

# 거절 연습

"천생 여자 같아요!"

거래처 부인이 처음 만나, 날 보고 한 말이었다.

그녀에게 실망을 주지 않으려고 나의 행동은 좀 더 조심스러워졌다. 커피를 기어이 잔 받침에 받혀 소리가 날까 조심스럽게 상위에 내려놓고 대접하였다.

"어찌 저렇게 조심스러울까, 여자로 타고났네."

하고는 한바탕 큰소리로 웃었다.

사람을 만나면 첫인상을 중요시 생각한다. 뇌는 되도록 첫 이미지를 스캔하여 어떠한 방법으로라도 평가할 준비를 한다. 우리가 알고 있는 경험치를 총동원하여 가장 가까운 근사치를 찾아 평가한다. '차분하다, 조용하다, 활발하다, 개구쟁이, 게으르다, 바보 같다.' 등등 그럼 듣는 사람은 평가에 대해 비판의 마음이 들거나 정해진 이미지에 맞는 행동을 하려고 노력하게 된다.

[거절당하기 연습]의 저자 지아 장(Jia Jiang)은 뭔가를 누군가에게 부탁하기가 세상에서 제일 어려웠다고 한다. 유교 문화권인 중국 베이징에서 나고 자란 그는 수줍음 많고 내성적인 아이였다. 거절당하는 것을 죽기보다 두려워하는 마음이 미국으로 이사 가서 여섯 살 때 생겼다. 1학년 선생님의 멋진 아이디어로 만든 칭찬 선물로 시작되었다. 선생님은 반 아이들의 수만큼 선물을 준비했고, 한 아이가 칭찬하면 칭찬받은 아이는 선물을 골라 자리에 앉는 놀이였다. 40명 30명 10명 3명, 남은 상황까지 지아 장은 남아있었다. 선생님은 아무 말이라도 좋으니, 칭찬을 부탁했지만, 끝까지 듣지 못하고 '친구들에게 잘하렴!' 소리를 듣고 선물을 들고 자리에 앉을 수 있었다. 기분은 나빠졌고 자신을 거절했다는 공개비판의 기억은 갈등과 두려움을 갖게 했다.

25살이 된 지아 장은 빌 게이츠를 보고 꿈을 갖는다. 회사를 만들어 세계 정복을 하겠다는 원대한 꿈을 갖고 투자자를 찾았지만, 거절당하는 고통을 맛보고 포기하기에 이르렀다. 그러다 문득 이 두려움은 어디서 오는가를 찾았고 인터넷에서 '거부 치료 닷컴'에서 30일 동안 거절당하는 연습을 통해 극복할 수 있다는 힘을 얻게 되었다.

'100일 거절 프로젝트' 황당한 부탁을 해서 일부러 거절당하고 이에 무뎌지는 연습을 했다. 그는 거절당하는 모습을 동영상으로 찍고 자신의 블로그에 올렸다. 예를 들면 '모르는 사람에게 100달러 빌리기, 햄버거 가게에서 햄버거 리필하기, 오륜기 모양 도넛 주문하기' 등등.

첫 번째 보안 경비원에게 다가가 100달러를 빌려달라고 말하자 '안 돼요!' 라는 답을 듣고 식은땀을 흘리며 그 자리에서 도망쳤다고 한다. 동영상으로 자신의 모습을 보고 경비원의 모습을 봤을 때 경비원의 기분 나쁘지 않은 표정을 보았다. 부탁하면 상대방이 불편해하거나 무시당할 줄 알았는데 그것이 자기 생각임을 알았다.

두 번째 햄버거 가게에 가서 햄버거 리필을 요구했지만 '리필이 뭐야? 우리 가게에서는 햄버거 리필은 없어요.' 하고 거절당했지만, 이번에는 도망치지 않았다. 세 번째 도넛

가게에서 오륜마크 도넛을 주문했고 진지하게 받아들인 주인에게서 오륜마크 도넛을 돈도 지급하지 않고 받을 수 있었다. 동영상을 유튜브에 올려 500만 명 이상이 보았고 신문에 나고 각종 쇼에 출연하여 주목받았다. 그리고 '당신이 하는 일은 정말 멋진 일.'이라는 말을 듣는다. [거절당하기 연습] 책을 내서 자기 경험과 거절당하는 연습을 공유하게 되었다.

우리는 살면서 수많은 거절을 당하고 부끄럽고 두려운 마음속에 갇혀 움츠러든다. 타인의 인정과 평가로 주눅 들지 말고 자기, 자신의 인정을 먼저 받는 훈련을 한다. 거절은 거절하는 사람의 의견이다. 그것이 상대방의 상황에 맞지 않았을 뿐, 관심이 없었거나 기분이 나빴을 수도 있다. 우리는 거절당하면 그 이유를 본인에게서 찾고 나의 가치가 없거나 잘못되었다고 생각한다.

서래처 부인이 한 나의 평가에 대한 거절도 자연스럽게 했다면, 여성스럽다는 말에 나의 행동을 맞추지 않고 나의 모습을 그대로 보여 줄 수 있었을 텐데. 그 후로도 그녀를 만나면 나는 얌전해지는 여자의 모습을 갖게 되었다. 어느

정도 차분하고 조용한 성격이지만 불편한 몸가짐이 만들어지고 신경 쓰게 되면서 그녀에게 더 다가가기 어려웠다.

쉿! 비밀인데, 그녀는 목소리도 조금 크고, 좀 더 큰 소리로 웃으며 행동도 크고 성격도 괄괄해 보였다.

# 나의 모임 모여라

　지인이 보내는 세상 떠다니는 '알보알보'(알고 싶지 않지만, 보면 알게 되는 보물이 되는 이야기)를 톡에 정기간행물 보내듯이 몇 년째 보내고 있다. 회사 고객으로 알게 된 분인데 은퇴하고 전원생활을 누리는 분이다. 집 앞 텃밭은 아내 몫이라고 손도 대지 않는 분이지만, 우리가 집에 놀러 가면 아내의 식물을 돌아오는 길에 들려 보낸다. 아내의 눈을 살펴야 하는 순간이다. 수염도 기르고 모습이 신령님처럼 변해 가는데 세상에 둥둥 떠다니는 이야기를 곤충 채집하듯 낚아채서 톡톡 보낸다.

　최근 채집 거리는 이시형이 쓴 '인생 내공'에서의 진정한 부자의 정의였다. "돈, 시간, 친구, 취미, 건강" 다섯 가지 부자가 되어야 한다고 정의를 내렸다. 돈은 얼마나 있느냐

보다 얼마나 쓰냐? 쓸데없는 일에 낭비하는 시간이 없게 하고, 친구가 많아야 인생이 넉넉해진다, 취미로 생기가 넘치는 삶, 건강은 이 모든 게 사라질 수 있으니 중요하다는 메시지이다.

다섯 가지 중 나의 모임 속 친구들을 생각하게 되었다. 가장 오래된 모임은 고등학교 동창 모임이다. 졸업한 지 41년 된 친구들이다. 물론 결혼하고 중간에 만남의 공백은 길었지만, 우리 만나자, 하고 다시 보게 되어 지금 잘 만나고 있다. 세 명 중 한 명인 K는 소식을 몰라 '얘는 어디 사나? 했는데 미국에서 교사로 있단다. 역시 자기 꿈대로 갔구나! 방학 때 날아온다고 했었는데 코로나19로 아직 미뤄지고 있어서 못 만나고 있다. 우리에겐 언제 어디서나 만날 수 있는 카톡이 있다.

카톡으로 고등학교 때 수다를 떨다가 친구가
"나 이렇게 한국말 많이 하고 수다를 떨 줄 몰랐다"
하며 K는 자신이 놀랍다고 했다.

"한국 사람이 한국말 하는 게 당연하지!"
나는 별소리 다 한다는 듯 대꾸했다.

"아니야, 여기 한국 사람 많이 없다, 친구들도 만난 적 없고 남편도 외국 사람이라 한국말 할 기회가 없었어."

그렇지, 학교 앞 문방구에서 떡볶이 먹었던 이야기를 누구랑 나누겠나, 이번 겨울 방학 때 나와서 함께 만나 수다 떨자, 친구야!

딸아이 초등학교 입학식 때 만난 엄마 모임 속 5명 친구다. 벌써 18년이 됐다. 한 달에 한 번 만나 식사하고 헤어지는 동안 아이들이 20대 중반을 넘어가고 있다. 지금도 만나면 그때나 지금이나 서로 하나도 변하지 않았다는 말로 시작하는 늙지 않는 모임이다.

'아! 중독' 독서 토론 친구들과는 10년이 되었다. 만나고 헤어지며 지금은 5명이 남았다. 독서 토론으로 맺어진 끈끈한 사이다. 무엇보다 책을 읽고 만나면 주제가 있어서 제일 활발하게 이야기 나누는 모임이다. 우리 늙어 가는데 계속 책을 읽을 수 있을까? 한다. 물론 이어가길 바란다. 노안으로 책을 읽지 못하면 읽었던 책들을 소환해서 또 이야기 나누면 좋을 것 같다. 제일 이야깃거리가 많은 모임이다.

아파트 내 작은 도서관 도서 대출 봉사로 모여 7년 동안 함께 해 왔다. 모임은 11명이 하고 있다. 따뜻한 봉사의 마음으로 모여서 그런지 마음들도 다들 따뜻하다. 먹거리 많으면 번개 카톡으로 나누고 함께 공부도 하는 모임이다. 한 달에 한 번 밥을 먹으니 한 식구나 다름없다. 요즘은 아파트 이웃과 잘 어울리기 어려운데 봉사를 계기로 친해지고 함께하니 더욱 좋은 모임이다.

민화 그리며 만났던 친구들도 서로 행사가 있으면 찾아가 축하해 주고 지금도 가끔 만난다. 강남동 47개 통장 모임도 한 달에 한 번 만나 회의를 한다. 강남동 자율방범대 대원으로 저녁 시간에 야간 자율 순찰을 한다. 여기도 22명의 방범대원이 있다. 문인들과의 만남도 빼놓을 수 없다. 춘천문인협회 회원 170명, 춘천여성문학회 회원 52명과 함께 동인지도 만들고 각종 행사에 함께 참여하며 1년을 보낸다.

모두 친하다고 할 수는 없지만 함께 만나 수다도 떨고, 봉사도 하고, 독서도 하고 글도 쓰는 관계가 있어서 삶이 더욱 풍요로워짐을 안다.

이시형이 제시한 다섯 가지 진정한 부자의 요건을 나름

갖춰서 나는 부자로 잘살고 있다고 말하고 싶다. 시간을 잘 나누어 쓰고 있고, 친구들도 많고, 취미도 잘 살리고 있고, 나름 건강하기까지 하다. 부자의 마음으로 살아가기만 하면 될 것이다.

# 아! 중독

한 달에 두 번 만나서 독서한 책의 내용을 서로 나누고
자 40대부터 60대 13명이 모였다. 2014년부터 시작된 독
서 모임이 지금까지 이어져 왔다. '아! 중독'은 우리 독서
모임 이름이다. 아름다운 중년의 독서 모임에서 아중독을
따왔고 한 회원이 느낌표를 넣자고 하여 '아! 중독'이 되
었다. 독서에 중독되어 보자는 의지가 돋보이는 이름으로
지금까지 별 탈 없이 우리와 함께 해왔다.

'오빈리의 일기'로 시작된 독서는 '돈키호테 1, 2'권
784 · 936면, 대장정의 독서로 이어지면서 다양한 책들을
만나게 되었다. 한 권의 책, 한 사람의 이야기라도 우리의
토론장으로 오면 13번의 경험과 만나 새로운 이야기로 전
개되는 체험을 했다. 그러면서 고개를 끄덕이거나 나와 다

른 의견으로 고개가 갸우뚱해지는 일도 많았다. 독서는 각
자의 삶과 연결되면서 재해석되는가 보다. 나에게 변화를
준 책이 있었다. 톨스토이가 알려주는 삶의 지혜들 '살아
갈 날들을 위한 공부'에서 일어난 일이다

사랑에서 나오는 노동

식사를 준비하고 집을 청소하고 빨래를 하는
일상적 노동을 무시하고는
훌륭한 삶을 살 수 없다

노동, 특히 흙을 다루는 노동은
몸과 영혼 모두에 유익하다
마음에 안식을 줄 뿐만 아니라
자연에 가깝게 만들어 주기 때문이다.

집안일을 하다 보면 하루하루가 똑같다. 되풀이되는 일
상의 일들, 밥하고 설거지하고 청소하고 빨래하는 일들이
주부들을 힘겹게 한다. 이 글은 그 일들로부터 나를 자유롭
게 만들어 주었다. 설거지하는 일이 즐거웠고 찌꺼기를 덜
어내고 깨끗해지는 희열을 느꼈다. 그로부터 나의 설거지

는 물소리와 함께 하루를 시작하는 준비가 되었다. 우리 인생을 행복해지기 위해 산다면 매일매일 해야 하는 기본적인 일들을 무시하고는 내가 훌륭한 삶을 살 수 없다. 생각의 전환이 되어 주부의 일이 귀찮은 일이거나 지겨워하는 일이 더 이상 아니었다. 좀 더 즐거운 가정생활이 되었다.

텃밭과 정원에 나가 흙을 만지고 풀을 뽑을 때도 마음이 달라졌다. 맨손으로 풀을 뽑아 손톱에 흙이 들어가 새카맣게 되어도 그리 신경 쓰이지 않았다. 채소를 심으려고 삽으로 흙을 갈면 땀이 나고 힘들어도 편안한 마음이 되는 것을 느꼈다. '세상사 마음먹기 달렸다'는 말이 이런 건가? 집안일과 정원 가꾸는 일을 감사한 마음으로 대하게 되었다. 내가 '아! 중독'을 만나 독서하면서 생활의 기쁨을 찾았고 우리 모임은 아마도 네버엔딩스토리로 갈 것 같다.

우리는 늙어가고 있다. 시력도 저하되고 기억력도 사라지는데 '어떻게 독서하고 토론하지?' 지금 마음이야 영원할 것 같지만 어디 생각만큼 쉬운 일이겠는가. 한참을 고민하다가 10년 뒤에는 그림 많고 글밥이 적은 그림책을 보고 독서 모임을 하자고 했다. 시력도 약해지고 글씨 많은 책 읽으려 애쓰지 말고 아이들 마음으로 그림책을 보는 것도 좋겠다는 의견을 모았다. 독서 모임을 하는 노년의 모습을 그려보니 꽤 멋지게 느껴진다. 오디오북도 다양한 책들을 다루어 주니 이야기를 듣는 것도 재미있겠다고 생각했다. 찾아보면 할 방법은 많을 터, 안 해서 문제지 하겠다는 의지를 어떻게 막을쏘냐! 그럼, '아! 중독'에서 이름을 어떻게 바꿀지 한 번 생각해 봐야겠다. 영원한 '아! 중독' 또한 놓치고 싶지 않지만.

# So Cool

"How are you?"

"I'm fine. thank you, and you?"

ㅎㅎ 어색하게 웃고 나면 대화 끝, 영어 배우기 되돌이표. 영어 공부는 오랜 시간 시도해 보는 것 중의 하나인데, 대화를 못 하는 것도 신기하다. 학교 다니며 배운 것도 10년인데, 영어 공부만 하고 사는 것은 아니지만 짧지 않은 시간이다. 들인 시간에 비해 턱없는 성과가 영어 공부하는 것이 아닐까? 요즘은 영어 통역하는 앱도 많아져서 여행 가서 소통하는 데 어려움이 없다고들 하지만, 마주 보고 이야기 나눠야 맛이 나지 않을까? 영어에 대한 갈증은 쉽게 사그라지지 않는다.

아파트 내 작은 도서관 봉사자들이 있다. 2년 동안 도서 대출 봉사만 하다 보니 무언가 아쉬움이 있었다. 각자 봉사 날에 혼자 도서관에서 봉사하고 가면 끝이었다. 한 달에 한 번 모여 점심 먹고 이야기 나누다가 함께 모여 영어 좀 배워보자고 했다. 시원스쿨 탭이 있다는 이야기에 봉사자 8명이 무작정 따라 하기 영어 공부를 하기로 했다. 목적이 있어야 중도 포기하지 않는다고 목적도 만들었다. 해외여행 가서 주저하지 않고 영어로 대화 한번 해 보자는 것이었다. 우리 모임의 이름도 지었다. 시원하게 영어 해 보자고 'So Cool'로 정했다.

그래도 이번에는 시작이 좋았다. 일단 따라 하면서 뭔가 뿌듯했다. 할 수 있다는 희망이 보였다. 1년 뒤 함께 여행을 가기로 마음먹었으니 잘 모였고 꾸준히 공부했다. 우린 오랜 시간 영어를 배우고 팝송도 따라 했다. 막상 말을 하려면 한 템포 쉬고 생각하여 말을 하려다 보니 말이 쉽게 나오지 않았다. 우린 따라만 했을 뿐 서로 대화를 나눠 보지는 못했다. 그래도 따라 할 수 있는 것이 어디냐며 서로를 격려했다.

그런데 딱 거기까지인가 보다. 외국영화 배우들의 발음

은 좀처럼 알아들을 수 없었고 우린 영어로 끝내 대화하지 못했다. 모두 부끄러움이 많아서 그런지 쉽지 않았다. 누구 한 사람 영어를 잘하는 사람이 있어서 이끌어 주었으면 좀 더 달라질 수 있었을지도 모르겠다. 모든 일에 좋은 결과가 나오는 것은 아니다. 시도해 보는 것, 모험하는 것, 배우고 실행하는 것 자체로 의미가 있는 것이라고 본다. 우린 늘 배우며 살아가는 것이 아닐까?

그렇게 시간은 흘러 우리가 의도했던 여행을 가게 되었다. 놀러 가자는 의견에는 모두가 동의했다. 우선 가까운 데로 알아보도록 했다. 비용도 만만치 않아 가까운 동남아 쪽으로 여행하기로 정했다. 태국으로 2박3일 우리의 영어모임은 영어와 상관없는 장소로 정해졌다. 영어여행의 목적과는 상관없지만 함께 여행을 가는데 모두가 설렜다. 한 아파트에 살면서 봉사하는 모임으로 만나 공부도 하고 여행한다는데 큰 의미가 있었다. 집마다 여행 동의를 받는데도 문제가 없었다. 결국 여행에서 영어가 필요한 일은 거의 없었고 가이드의 안내로 언어소통의 불편함 없이 여행했다.

그러나 돌아오는 태국 공항에서 첫 번째 일이 일어났다. 함께 화장실에 갔던 사람들이 한 사람을 두고 오는 바람에 남겨졌던 사람이 혼자 여기저기 찾다가 뒤늦게 우릴 찾아오는 사고가 일어났다. 잠깐이었지만 낯선 공항에 혼자 남겨진 두려움이 있었다고 했다. 짧은 영어지만 안내소를 찾아가 우릴 찾게 되었다며 영어 공부를 한 게 도움이 되었다고 안도의 한숨을 쉬었다. 그나마 영어의 도움을 받았다니 고마울 따름이었다.

두 번째 사건이 벌어졌다. 한국 인천공항에 도착해서 춘천행 버스를 기다리며 공항 로비 벤치에 앉았다. 그때 눈에 들어온 핸드폰 충전기, 역시 친절한 대한민국이다. 폰을 충전기에 꽂아 놓고 수다 삼매경에 빠졌다. 버스 시간이 되어 벌떡 일어나 일행을 쫓아가다 버스에 오르기 전 두고 온 핸드폰 생각이 떠올랐다. 나는 버스 대기 해 놓고 마구 달렸다. 흥분된 마음으로 들어선 공항 내부는 광활하고 어디에 있었는지 도무지 감이 잡히지 않았다.

다시 버스로 돌아가 일행을 먼저 떠나보냈다. 씩씩한 척 바로 찾아 뒤 차로 갈게 말을 건네고, 난 홀로 공항 내부로 되돌아갔다. 핸드폰과 꽂혀있던 카드 생각에 머릿속이 복잡했다. 도대체 어디에 내 핸드폰이 충전되고 있는지 답답했다. 아니면 사라진 건지 알 수 없는 미궁에 빠질 때쯤, 생각보다 좀 더 먼 장소에 버젓이 전기를 먹고 그 자리에 차분히 앉아 있는 핸드폰을 만났다. 헛헛한 마음이 앞섰다.

언제부턴가 집중력이 떨어지고 대충이라는 상황 속에 살고 있는 나를 발견했다. 거기 어디쯤, 우리의 어림잡는 습관이 아닐까? 만약 내가 태국 공항에 혼자 남게 되었다면 어떻게 넘겼을까, 사뭇 걱정되는 상황이었다. 걱정하며 버스를 타고 가는 일행에게 전화하고 안도의 한숨을 쉬었다. 한순간의 해프닝으로 끝나서 얼마나 다행이었는지. 버스를 타니 긴장이 풀리고 이내 잠이 들어 편히 졸며 춘천으로 내려갔다.

So Cool은 한동안 멈춰 섰고, 우리의 영어는 또 제자리에 머물렀다. 영어에 대한 갈증은 언제나 있을 것 같다. 외국인들은 한국에 와서 6개월 만에 한국말도 잘한다. 외국인들이 한국이 좋아, 한국말을 배우고 한국어가 세계 공통어가 되는 신비로운 일이 벌어지길 바라본다. 대한민국 잘 성장해서 누구든 한국어를 배우고 우린 어느 곳에 가더라도 한국말로 대화하는 날이 오길 꿈꾼다. 그래도 영어는 멋진 언어이고 노래 같은 언어이다. 잘 표현해 보고 싶다.

얼마 전 몇 명이 다시 뭉쳤다. 우리 다시 따라 해 봅시다.

이번엔 대화도 해 보자고요, 영원한 되돌이표가 된다 해도 다시 시작이다.

# 강남동 34통장이랍니다

온의동으로 이사 온 지 8년이 되어간다. 후평동에서 이곳 온의동으로 이사 온 뒤로 이웃에 관심을 두게 되었다. 나이가 들어가는 이유인지도 모르겠다. 아이들 어렸을 때는 주변에서 알게 모르게 도움을 받으며 살아왔었다. 아이들이 다 크고 나니 시간의 여유도 생기고 그동안 받아왔던 도움을 되돌려 주는 계기로 만들기로 했다.

아파트 내에 작은 도서관이 있어서 주민들과 함께 봉사하게 되었다. 주 5일 하루 3시간 동안 도서 대출과 반납을 받으면서 이웃과 더불어 살아가는 즐거움을 알게 되었다, 우리 동네 반장일도 하게 되었는데 통장님이 이사 가면서 난 통장을 맡았다.

강남동은 행정동으로 온의동. 삼천동, 송암동, 칠전동 4 개의 법정동으로 구성되어 있다. 강남동은 북쪽으로는 소양동과 근화동, 약사 명동이 있다. 동쪽으로는 퇴계동과 경계를 마주하고 있다. 서울·춘천 간 46번 국도가 맞닿은 지역으로 춘천 시내로 들어오는 관문이다. 온의동에 아파트가 많이 들어서 47개 통으로 되어 있다.

교육 시설과 교통 시설로 춘천시외버스터미널, 고속버스터미널이 있고 관공서도 다양하게 들어서 있어서 편리함을 갖췄다. 문화시설로는 춘천청소년도서관, 의암빙상장, 춘천종합운동장, 봄내체육관, 사이클경기장, 춘천승마장, 춘천송암스포츠타운이 들어서 있다. KBS 춘천방송총국과 MBC 춘천문화방송국이 있는 문화도시이다. 지하철이 지나가는 아래 공간에 5일 풍물시장이 열려 주부들의 관심을 끈다. 공지천으로 향하는 산책길도 있고, 공원에서 배우는 운동과 각종 행사로 풍요로운 곳이다.


내 얼굴을 담아 통장증도 만들었다. 우리 아파트 7개 동 중에 세 개 동을 합해서 34통장을 맡았다. 한 달에 한 번 나오는 봄내 소식지 150부를 받아 각 동에 비치한다. 카트에 담아 털털거리며 부끄러움을 안고 시작한 일이, 이제는 소식지를 이웃에게 배부한다는 자부심으로 발 빠르게 각 동으로 날라 비치한다. 반장님들에게 종량제 봉투도 나눠 주고 나면 할 일의 반은 끝난다. 전입 신고된 세대 방문하여 거주 확인 사인 받고 강남동 행정복지센터에 제출한다.

　세대별 방문하여 사인받는 일을 할 때는 좀 설렌다. 이웃과 엘리베이터에서 만나면 어색하게 인사하며 다녔는데, 통장증를 걸고 세대별 인사를 가면 이웃과 얼굴을 보며 인사하는 게 반갑다. 월드 레저총회가 개최될 때는 레저경기에 필요한 봉사로 지원하여 나간다. 그 밖에도 지역의 민원이나 건의 사항, 주민 공동 관심 사항, 주민 여론 보고, 통 반 내 순찰과 주민 불편 사항을 신고한다. 재해 발생 시 주민 대피 피해 사항 조사에 협조한다.

　지금까지는 내 가정 돌보기에 전념하며 지내왔었다. 집 밖의 일은 신경 못 쓰고 살았다. 통장 일을 하다 보니 사람의 손이 필요한 곳이 의외로 많다는 걸 알았다. 점심 급식 봉사, 독거노인 도시락 배달, 우유 팩 모으기, 레저경기 도우미, 마라톤 도우미 등 각 사회 곳곳에 도움의 손길이 필요한 곳이 많았다. 사회가 저절로 굴러가는 줄 알았다. 사회 구성원들의 맡은 바 책임이 있었고 알지 못하

는 곳에서 봉사로 직업으로 묵묵히 일하는 일꾼들이 있었
다. '아는 만큼 보인다고 했는가?' '아는 만큼 행할 수 있
다는 것'도 알았다. 나 스스로 살아가는 줄 알았던 우리의
삶 뒤에서 돕는 손들이 있음을 새삼 느낀다. 뒤에서 일하
는 분들의 노고가 있었으므로 살아가고 있다는 것을 알아
간다.

　이제는 받은 것을 사회에 돌려주어야 하는 시간임을 깨
달으며 작은 힘이나마 보태게 되었다. 내 시간과 체력을
들여 봉사하고 오면 자부심이 생긴다. 산책하면서도 우리
동네에 불편함은 없는지, 개선되면 좋을 것들을 찾게 된다.
여름철 홍수 대비 취약한 곳은 없는지 둘러보게 된다. 나
도 지역사회에 일원이 되어 받고 살아왔던 시간만큼 돌려
주는 시간을 보내게 되어 마음 한편이 뿌듯하다.

# 민화로 컬러링 힐링

한동안 신이 나서 모란꽃을 피워내며 한지 위에 정원을 만들었다.

연잎 무성한 호수 위로 연꽃들을 피어오르게 하고, 몇 주간은 익살스러운 호랑이 얼굴과 몸통에 털을 세웠다. 푸드덕 닭 가족들이 봄 햇살에 봄나들이 나온 뒤를 쫓아다녀 보고, 힘차게 솟아오르는 잉어들의 비늘을 빛냈다. 한 해를 마무리하며 바쁜 숨을 몰아쉬고 배접을 시도하다 폭삭 말아먹은 연화도를, 다시 밑그림 그려 염색한 도안을 펼치고 붓을 들었다.

2년 전 시작한 민화 그리기의 작품 전시회가 1월 13일로 잡혔다. 3개월이면 될 거라고 했던 날짜가 거인의 발걸음처럼 성큼성큼 다가와 액자 제작 여유 날짜까지 간신히 완성할 수 있었다. 학교 다닐 때도 그림은 나의 취미가 아니었다. 이상하게도 스케치하고 색을 입히면 나의 의도와는 다르게 그림이 완성되어 별 취미를 갖지 않았다.

"도서관에서 민화 그리기 강좌가 열리는데 오실래요?"
도서관 사서가 알려주었다.

"도서관에서 그림도 그려요? 민화가 뭔데요?"
나는 신기해서 되물었다.

그리고는
"그림은 내 취미가 아닌데 했더니."

"한번 해 보세요, 힐링도 되고 그리 어렵지 않아요."

아는 분의 권유라서
"네, 그럼, 한번 해 볼게요!"

그리고 시작한 그림이었다. 민화 지도 선생님의 열정과 노력은 대단했다. 닥나무 껍질로 만든 전통 한지에는 어머니 모시 적삼 하얀 슬픔이 배어 있었다. 책상 위에 펼쳐진 하얀 한지의 광대함이 나를 삼켜 버릴 듯 넓디넓게 느껴졌다.

우리의 첫 미션은 가느다란 세필에 먹물을 찍어 밑그림 위에 한지를 올려놓고 붓으로 그림을 그리는 것이었다. 연필도 아닌 검은 먹을 찍어 그리는데 손은 떨리고 굵게 가늘게 한지 위를 어설프게 무딘 선으로 모란꽃을 그리고, 연꽃을 피워내며 우리의 민화 그리기가 시작됐다. 그림을 그리면 커피와 아교 치자를 물에 타서 그림 그린 한지를 염색하고 말려 다림질하였다. 커피 물이 든 한지는 고풍스러운 느낌을 풍겨낸다. 이제부터 색상을 입히기 시작한다. 처음 보는 분채 물감을 덜어내고 아교 물을 넣어 물감을 만드는 일부터 쉽지 않았다. 요즈음은 수채화 물감처럼 튜브물감으로 된 민화 물감도 있다는데 선생님은 옛 전통 방식대로 돌가루 분채를 쓰셨다. 접시에 담아 수저로 한없이 녹여 체에 거르면 곱게 녹은 물감을 겨우 쓸 수 있었다. 물감을 찍어 한지 위에 붓을 대면 훅 스며드는 친화력에 깜짝 놀란다. 먹선 안에 채색을 입히고 물먹은 바림 붓으로 쓱 쓸어내면 곱디고운 모란꽃이 피어났다. 한 송이 한 송이 꽃을 피워내면 2~3시간이 훌쩍 지나간다.

한동안 색연필로 컬러링 북을 채웠었는데 민화가 우리 전통 컬러링이란 생각이 들었다. 힐링이 된다는 지인의 말이 '아, 이래서 그런 말을 했구나!' 라는 생각이 들었다. 민화의 대표 작품 '까치와 호랑이'도 나의 서툰 솜씨에 무딘 털을 입고 완성되었다. 호주 계신 삼촌이 우리 집에 오셨을 때 부끄러운 마음을 담아 선물로 드렸더니 멋진 액자에 담아 거실 한 벽에 걸어놓고 인증사진을 찍어 보내 주셔서 감사했다.

'춘천 민화연구회'를 결성하고 이번에 2회 전시회를 준비했다. 임금님 뒤에 펼쳐있던 병풍 '오봉산일월도'와 '연화도'와 '소나무와 호랑이 부채' 세 작품을 냈다. 아직도 먹 붓을 잡으면 손끝이 떨리고, 숨을 몰아 참고 선을 이어 나가지만 그 떨림까지도 사랑스럽다. 온 신경을 몰입하여 홀로 된 그 시간이 오직 나를 위한 시간임을 즐긴다. 그로 인해 생긴 작품은 덤이다. 늘 나에게는 부끄러운 전시회가 되겠지만 그래도 민화가 나를 이끈다.

# 나도 다이어트를

"네 엄마도 20대 때에는 날씬해서 참 좋았는데, 지금은 왜 자기 몸에 신경을 안 쓰는지 모르겠다."
아이들에게 랑이 웃으며 말을 했다.

"저이가 뭘 잘못 먹었나, 가만히 있는 나를 왜 건드리고 그래?"
마음에 찔렸지만, 가만히 당할 수 없어 한마디 했더니 옳거니, 하고 또 한마디를 하는 랑,

"TV 본다고 옆으로 누우면 바닥에 뱃살이 쫙 펴진다. 하하하"
아이들과 함께 웃는 랑이 얼마나 미운지 내 뱃살이 어때

서 그러냐! 50대 아줌마가 그렇지, 어떻게 20대하고 몸매가 똑같을 수 있냐고 큰소리로 반문했지만, 그럴수록 겹치는 뱃살이 민망해 숨을 들이켜 아랫배를 잡아당겼다.

"숨 쉬어, 그렇게 자기 몸에 관대하다가는 성인병에 걸려 아프다고, 나 따라다니지도 못한다,"
랑의 마지막 말에 충격을 받았다.

그래 100세 시대에 건강하게 늙지 못한다면 무슨 소용이람. 지금도 늦지 않았으니, 운동을 해야겠다는 마음을 가졌다.

마침, 이웃에 있는 엄마가 요가를 권하기에 그래 한번 해보자! 하고 시작한 지 9개월이 지났건만 나의 바람대로 되지 않았다. 운동하는데 뭐 어때하며 맛난 음식을 보면 더 먹었다.

무슨 방법이 없을까 하던 차에 봄내 소식지에서 보건소 '비만 예방 관리 프로그램'을 보게 되었다. 1주일에 두 번 유산소운동과 근력운동을 하고 하루는 식이요법과 맞춤 운동에 대한 교육을 받는 것이다. 8주간 관리해 주고 잘 출석하면 2개월 동안은 신나는 '줌바 댄스' 무료 수강도 보너스로 받는다. 첫날은 나의 건강 상태와 하루 세끼 먹는 양과 간식에 대해 체크하고 간단한 체력 테스트를 받았다. 마지막으로 주사기에 피를 뽑아주고 집으로 왔다.

1주일 후 보건소에 가서 건강 검진 결과를 받았다. 총 7가지 비만 검사 항목 중의 세 가지에서 '이상—상한' 결과가 나왔다. 중년의 뱃살이 이 정도는 괜찮지 않나 하며 호기를 부리던 나의 뒤통수를 쳤다. 총콜레스테롤양이 정상 범위 200을 넘어 249, LDL콜레스테롤도 160을 넘어 185, 중성지방도 높게 나왔다. 그리고 체중에 비해 체지방량이 차지하는 비중이 커서 비만에 들어간다는 것이다. 다행히 고혈압과 당뇨는 정상이어서 운동 관리와 식이요법으로 정상 수치에 갈 수 있단다. 내가 하는 요가는 유연성 운동이라 유산소 운동과 근력운동을 병행해야 내장지방을 줄일 수 있다고 했다.

난 할 수 있다. 8주간 잘해보자, 그래서 날 놀리던 랑에게 멋진 내 몸매를 보여 주자며 결심했다. 권해준 식사량은 한 공기의 밥과 8점의 삶아서 허연빛 살점의 그냥 맛없어 보이는 돼지고기 90g, 김치 40g, 채소 무침 70g, 생채소 70g, 저염국 150g이 다였다. 매끼 그 정도의 식사를 하라는 거다.

삼 일째 되는 날, 막내의 치킨 치킨 외치는 소리에 그만 홀딱 넘어가 기름 부분 떼어내고 먹으라는 경고는 몰라라 하고 바삭한 프라이드치킨 세 조각을 눈 깜짝할 새 먹어 버렸다. 권해 준 저염식 식사는 정말 매력이 없었다. 조금 더 운동하지 뭐! 작심삼일은 사흘마다 작심하면 된다는 말 도 있잖아.

비만 예방 관리 십 일째 되는 날 글쓰기 모임에서 한 분 이 문인으로 등단했다. 모임이 끝나고 식사를 내신다며 막 국수 집으로 갔다. 오전에 민화 수업이 시작되어 끝나고 점심으로 식이요법에도 없는 떡만둣국을 국물 채 폭식을 하고 4시에 막국수 집으로 간 것이다. 일단 축하를 해야 하니 막걸리가 필요하고 거기에 맞춰 해물파전과 메밀전을 기본으로 주문했다. 저녁으로 막국수도 시키는데 난 완전 무장 해제되어 축하 건배했으니, 막걸리도 맛보고 파가 들 어가 고운 빛깔 뽐내는 메밀전에, 오징어살 탱글탱글한 파 전을 얼마나 맛있게 먹었는지, 이미 비만 프로그램은 물 건 너갔다. 아! 입이 행복한 삶을 살 것인가? 건강한 삶을 살 것인가? 이것이 문제로다.

TV 속에서도 먹방 프로가 대세다. 냉장고를 몽땅 털어 요리로 만들고 맛보여 연예인들의 황홀경에 빠지는 모습을 보고, 다음 날 식사 메뉴를 선택한다. 한동안은 슈가보이가 선보인 완전 달달한 소스를 만들어 설탕이 뚝뚝 떨어지는 밥상을 만들어 식구들의 원성을 사기도 했다. 전국의 맛집을 섭렵해 소개하면 그 집에 찾아가 맛보고 실망도 여러 번 했다. 우리는 왜 이렇게 먹는 거에 목숨을 걸게 된 걸까? 먹다 지쳐 이미 뚱뚱한 몸매가 되어서야 온갖 다이어트로 또 몸을 혹사한다.

굶어서 하는 다이어트는 요요 현상으로 더 뚱뚱해질 수 있다. 뚱뚱해 보이지 않아도 근육보다 지방이 많으면 마른 비만으로 면역력도 약해지고 병이 올 수 있는 환경이니 적절한 운동이 필요하다. 맛의 유혹에 아직은 약하지만, 건강을 생각하고 다시 한번 마음을 먹는다. 정해준 식이요법을 지키고 하루 생수 1.5리터를 마시면 몸이 가볍게 느껴진다. 근력운동과 유산소 운동을 병행하여 땀을 흘리면 개운함을 느낀다. 가끔은 입이 행복한 삶도 누리면서 식이요법과 운동으로 건강한 삶을 조화롭게 만들어 편식 없는 건강한 플랜을 만들어야겠다.

여보! 그래도 나 믿지? 건강하게 자기 잘 따라다닐게, 자기도 금연과 금주에 신경 좀 써주라, 자기도 건강하게 나 잘 따라다녀야지 않겠어!

# 일찍 시작해 보는 거야

처음 살아보는 날!

아침에 눈을 뜨면 하루하루가 그렇다. 어제와 다른 아침, 어제와 다른 날씨, 어제와 다른 공기, 아무튼 어제와 다른 느낌이다. 새로운 날을 맞이하고 난 그날을 처음 사는 것이다. 내 나이 59세, 올해가 가면 앞자리가 바뀐다. 길고 긴 삶인 것 같다가도 아니 벌써 이렇게 되었나! 깜짝 놀랄 때가 있다. 그래도 50대는 진짜 어른이 된 것 같았다. 인생이 그렇구나 하고 당당한 마음으로 살았다. 이제야 뭔지 조금 알 것 같아, 쥐었던 것을 내려놓기도 했다.

아침에 일어나면 밥하고 일하고 치열하게 살다 보니, 어느새 60대에 진입하는 나이가 되었다. 봄, 여름, 가을이 지나고 겨울을 맞이하는 마음이랄까? 60대의 삶이 이제껏 살아온 삶과는 확연히 다르게 다가온다. 60대는 60km 속도로 달린다고 했던가, 점점 가속도가 붙는 걸 느낀다. 몸은 하염없이 느려지는데 시간은 대책 없이 흘러간다. 인생이 뭔지 알 것 같아 이젠, 내가 원하는 삶을 찾아 살아가고 싶었다.

　50대에 전원생활을 꿈꾸며 화천 간동면 용호리에 세컨드 하우스를 지었다. 우리의 노후 생활 터전이 될 곳을 미리 만들고 싶었다. 황토로 집을 짓고 구들이 있는 방을 만들어 장작불을 지폈다. 마당 한 곳은 밭을 만들어 직접 채소를 심어 가꾸었다. 도시 생활과 텃밭을 가꾸는 전원생활의 병행이 쉽지만은 않았다. 그래도 춘천과 화천을 오가며 전원생활에 익숙해지는 훈련을 하고자 했다.
　경험 없는 전원생활과 밭 갈고 풀 뽑는 일은 해도 해도 끝나지 않을 되돌이표가 되었다. 해 보지 않던 밭의 일은 편안함은 고사하고 풀과의 전쟁으로 손마디가 울퉁불퉁해지고, 얼굴은 햇볕에 그을려 까무잡잡하게 변해갔다. 이제는 익숙해져서 잔디밭을 걷다가도 허리를 굽혀 풀을 뽑다가 서로 쳐다보며 웃는다.

"왜 우린, 잔디밭을 걷다가 인사를 하지?"
랑이 풀을 뽑다가 웃는다.

"자연을 보고 겸손해지라고 몸을 숙이는 거지!"
나는 답을 하면서,

정말 화천에 오면 자꾸 아래를 보게 된다고 느꼈다. 머리를 숙여야만 보는 것이 많았다. 꽃이 피면 내려앉아 들여다보고 상추가 자라면 앉아야만 상추를 뜯을 수 있었다. 풀을 뽑아도 앉아야 하고 인사를 자주 했다. 저녁이면 어두워지고 땅이 보이지 않으면 머리를 들어 밤하늘의 별을 보았다. 자연 앞에 머리를 숙이거나 비로소 어둠이 오면 머리를 들어 수줍게 반짝이는 별들을 마음껏 바라보았다.

젊었을 때, 젊어서 고생하고 나이 들어서는 편안한 생활을 해야겠다고 막연하게 생각했었다. 막상 그 나이가 다가오니 어떻게 살아야 할까? 그래도 노후 걱정을 늦출 수는 없었다. 닥치지도 않은 일을 고민한다고 하겠지만 미리 준비해서 나쁠 것도 없다는 생각이 들었다. 어떤 준비를 해야 할까? 걱정이 앞섰다. 막내는 아직 대학생이라 돌봐주어야 한다. 점점 시간의 흐름이 빠르게 지나간다. 코로나19로 3

년의 세월은 화살처럼 날아갔다.

우리의 미래는 우리가 생각한 대로 만들어지지 않고, 우리에게 알 수 없는 일들이 언제든 생겨날 것 같다. 우리가 생각하고 계획한 대로 인생이 흘러가지는 않을 것이다. 다만 그렇게 하려고 노력한다면 근사치로 가지 않을까 하는 바람이다. 혼자 생각하고 막연히 좋을 거로 생각해서 '이렇게 하자' 하면 상대방은 얼마나 당황하겠는가? 그래서 노후를 위해 조금 일찍 준비하면 좋겠다는 생각에 우리 부부는 노후 대책에 관한 대화를 시작했다.

첫 번째 은퇴 후의 생활은 어떻게 할까

두 번째 노후 생활자금은 얼마쯤 있어야 할까

세 번째 하루의 일과는 무엇을 하며 지낼까

네 번째 여행을 일상처럼 살아보기

다섯 번째 취미 생활 갖기

여섯 번째 사회 참여는 어떻게 할 것인가

일곱 번째 아이들의 독립은 언제 완성할 것인가

여덟 번째 우리의 주거는 어디로 정할 것인가

아홉 번째 건강을 위해 운동을 구체적으로 정하기

열 번째 제사, 명절, 각종 경조사에 대한 계획 갖기.

등등 이야기를 나누다 보니 생각해야 할 것이 많이 나왔다. 시간이 지나며 떠오르는 생각은 뒤에 덧붙이기로 했다. 우리가 살아가는 방법이 정답은 아니다. 다만 우리가 생각하고 하고 싶은 것을 도전하고 살아갈 자유는 있다고 본다.

아이들과의 관계도 있고 이웃과 지인들과의 관계에도 변화가 생길 것 같았다. 달리듯 살아온 리듬을 가만히 서서 지켜보니 참 어지간히도 정신없이 왔다는 생각이 든다. 그리고 노후의 생활을 그다지 걱정해 보지 않았구나 하고 놀랐다. 그냥 세월이 흘러 나이가 들고 어른이 되고 그렇게 늙어가는 줄 알며 살아왔다. 내 생각과 몸의 변화를 예상하지 못했다. 어른들이 모이면 서로 아프다는 이야기를 나누던 것을 이해하지 못했었다. 생각의 폭이 좁아지고 몸이 아프니 병원을 찾게 되는 것을.

나의 생에서 지금이 가장 젊을 때라고 한다. 내 생에 가장 젊고 건강한 때가 아닌가? 그나마 다행이라는 생각이 든다. 우선은 우리들의 마음이 중요하니 우리가 무엇을 하며 지낼 것인가에 중점을 두기로 했다. 아이들도 부모님 생각이 중요하니 우리 먼저 생각하고 살라고 한다. 어느새 커서 우리를 걱정해 주는 아이들이 있어서 고맙다.

여행 가방은 가볍게
사람이 그립다
인천 송도에 없는 것
치유의 숲에서 만난 고압선 철탑
여행지에서 일몰을 못 보는 이유
걸으면 보이는 것들

# 여행 가방은 가볍게

'우리 족욕기 가져갈까?'
내가 제안했다.

"오래 걸어 다니면 발도 아플 텐데 가져가자."
랑도 동의했다.

제주도에 한 달 살기 하러 갈 때 비행기로 가려고 캐리어 두 개와 공용으로 한 개 가져가기로 했었다. 그러다가 여객선에 자동차를 가져갈 수 있다는 정보를 얻고 완도에서 배를 타기로 했다. 차로 간다고 하자 우리의 짐은 사정없이 늘었다. 신발도 구두와 운동화 슬리퍼까지 차 트렁크에 나란히 놓았다. 옷도 몇 가지 더 챙겨 넣고 급기야 문인들의 출간된 수필집, 시집 등을 한 보따리 챙겨 트렁크 빈 자리를 채웠다. 저녁 시간에 밀린 독서를 하고 올겨울 쌓아놓은 숙제를 해내고 싶었다. 그리고 차 뒷좌석의 여유를 보고 족욕기를 생각한 것이다.

주차장에 내려가 차 안을 보고 빈 곳이 보이면 물건 한 가지씩 생각해 내 기어코 채워 넣었다. 이삿짐을 방불케 하는 여행 짐이 됐다. 여행 가서 새로 사느니 차로 가는 김에 이왕이면 가져가자고 하다 보니 짐이 늘 수밖에 없었다.

요즘 추구하는 미니멀 라이프가 심플라이프와 단순한 삶의 동의어라고 한다. 스스로 불필요한 물건과 일을 줄여서 가지고 있는 것에 만족하며 사는 삶이다. 물건을 적게 갖고 살면 생활이 단순해지고 삶은 더 풍요로워진다는 것이다.

미니멀리스트의 효시는 미국의 작가 헨리 데이비드 소로에서 시작되었다고 한다. 월든에서의 2년 동안 지냈던 생활을 토대로 책을 냈다. 월든 호숫가의 숲속으로 들어가 통나무집을 손수 짓고 밭을 일구면서 소박하고 자급자족하는 생활을 했다. 우리나라 자연인들도 소로우의 삶을 배우고 실천하는 사람들인지 모르겠다. 자연을 예찬하고 어떤 것에도 구속당하지 않는 삶을 몸소 보여줬다.

제주도에 도착해 애월읍에 있는 호텔로 갔다. 이삿짐 같은 짐에서 캐리어 두 개를 내려 호텔로 들어갔다. 짐을 다 내렸다가는 호텔에서 우리가 이사 온 줄 알 것 같아서였다. 넓은 욕실에 월풀까지 갖춘 욕실을 보니 족욕기가 생각났다. 굳이 족욕기 쓸 일이 있을까? 아니나 다를까 끝내 족욕기는 차에서 나오지 않았다. 그것 외에도 차 밖을 나오지 않았던 것들이 몇 개 더 있었다. 신발, 패딩, 책 등 결론은 한 번에 바지 두 개를 입지 않는다는 것, 속옷은 저녁에 빨면 건조한 호텔 방에서 잘 말라 아침에 뽀송하게 기다린다는 것, 이것도 저것도 필요하겠지? 하던 것들이 별로 쓸 일이 없었다.

　집에서도 몇 년간 입지 않는 옷들과 쓰지 않는 물건들로 집안 곳곳에 자리 잡고 있음을 안다. 옷장에 걸어놓은 옷들은 언제 한번 입을 거라고 하며 놔두었다. 같은 물건도 새것이라고 창고에 쌓아놓고 언젠가 쓰겠지, 하며 놔둔 것 등 옛날 물건 버리지 않고 보관해 둔 것이 많다. 물건에 갖는 애착이 심하며 왜 버리고 살지 않는지 모르겠다.

　요즘은 물건의 홍수 속에 살고 있다. 대형 쇼핑센터에 가면 대용량, 1+1, 사은품을 생각 없이 집어 올 때가 있다. 매일 집마다 문 앞에 택배 상자들이 쌓여있는 모습들이다.

70대 선생님이 하신 말씀이 나이가 들면 작은 사과 10개 사느니 맛있고 좋은 사과 5개 사서 맛있게 먹기, 계절별로 옷을 사면 있는 옷 중의 하나 골라내 놓기, 집에 있는 물건 새로 장만하지 않기를 하신다고 했다. 두 개 있으면 하나는 나누어 주기를 생활화하며, 살아가는데 생각보다 많은 게 필요하지 않다는 것. 물건과 옷을 줄이면 집안도 깔끔해지고 청소하기도 좋다고 했다.

호텔 생활하듯 최소의 물건으로 심플하게 살아보기를 실천해 보자. 그리고 중요한 것, 나이 들수록 필요한 건 최신상으로 쇼핑하고 산뜻한 환경을 만드는 것, 옛 추억이 들어 있는 물건에 연연해하지 말기. 나의 추억이 내가 가고 나면 아이들의 추억이 될 수 없다. 나의 추억은 내 손으로 사진으로 남기고 잘 정리하기.

여행 가방을 좀 더 다이어트하면 이동할 때도 가볍고 갖고 싶은 물건도 구매해 올 수 있을 것이다. 귤 농장에 가서 천혜향 한라봉 등 맛있는 과일도 마음껏 살 수 없어 속상했다. 필요한 여행 물품 목록을 써서 꼭 필요한 것만 가져가야겠다.

'꼭 필요한 것', '있으면 좋을 것', '없어도 아쉽지 않은 것'을 분류해서 품목을 줄여가는 연습이 필요하겠다. 겨울 숙제로 챙겨 온 책들도 결국 거의 읽지 못하고 트렁크에 자리 잡고 있었다. 여행은 눈에 담고 마음으로 느끼고 호흡하며 그 공기를 맛보며 그 공간에 동화되어야 하지 않을까? 짐에 치여 이동할 때마다 이삿짐 싸듯 짐을 챙기지 않아야겠다. 여행 가방은 되도록 가볍게, 마음도 가볍게 하는 여행에 충실해지자.

# 사람이 그립다

2021년 12월은 코로나19가 만연했다.

실내외서 마스크를 쓰고 생활하고 있었다. 모임을 해도 6명 이상 함께 있으면 안 되었다. 모임에서 한 명이 코로나 양성이면 다른 사람도 검사받아야 했고 격리 조치를 해야만 했다. 제주도행 여객선을 타려고 줄을 설 때도 마스크를 쓰고 거리를 두고 기다렸다. 사람이 많은 곳에서는 마스크 안에서 입도 다물고 침묵하거나 최소한의 대화만 나눴다. 제주도에 도착해 숙소로 가는 동안 남편과 둘이 대화만 할 수 있었다. 일주일 동안 애월읍에서 타인과 대화하는 경우는 거의 없었다. 관광지에서 사람을 만나도 거리를 두어야 했고, 말을 거는 것 자체가 상대방에게 실례가 되는 상황이었다. 그래서 우린 서로에게 더 집중했던 것 같다. 랑도 해변을 걷고 오름을 오르고 올레길을 걸으면서 말 수가 점점 줄었다. 첫째 날은 시작하는 날이라며 편의점에서 맥주를 사서 숙소에 들어가 첫날을 위해 술잔을 들었고, 둘째 날은 제주에 사는 친구 부부를 만나 저녁 식사에 소맥으로 거나하게 마셨다. 셋째 날 애월 관광지를 돌아보고 돼지고기구이 집에 저녁 식사를 하러 갔다. 랑은 3일째 저녁에도 맥주와 소주를 시켰다.

"자기야 제주 온 지 3일째야 그런데 맨날 술이야!"
난 한마디 하고 말았다.

"반주하는데 그게 어때서 그래! 난 좋아서 마시는데 잔소리야?"
랑도 지지 않았다.

결국 술을 마신 랑도 기분이 나빠졌고 술을 말린 나도 기분이 언짢았다. 가게엔 다른 손님은 없었다. 고기 굽다 말고 김치찌개와 밥도 남기고 우린 일어났다.
둘이 여행하기보다 아이들과 늘 함께했었다. 둘이 한 달 동안 여행은 처음이었다. 그리고 온전히 둘만 대화하다 보니 할 말도 별로 없었다. 랑도 마찬가지였나 보다. 우리가 제주에 올 때 서로 하고 싶은 것을 하자고 했었다. 나는 제주에 있는 도서관에 들러 독서도 하고 일기를 쓰자고 했고, 랑은 내 이야기에 좋겠다며 자신의 일기장도 챙겼었다. 랑은 식사와 반주를 원했다. 평소 술을 마시지 않는 나는 랑의 반주를 건강에도 안 좋은데 금주를 원했었다. 여행 와보니 나랑만 대화하고 밥 먹고 다니다 보니 살짝 재미를 잃어가는 중이었나 보다. 숙소에 돌아와 아무 말 없이 샤워하고 각자 잠자리에 드는 그 적막감을 떨쳐낼 수 없었다. 이렇게 남은 기간을 여행할 수 있을까 아니면 내일 춘천으로 올라가야 하나 고민하며 뒤척이다 어느새 잠이 들었다.

아침에 일어나 서로 서먹하게 각자 할 일을 하다가 식사하러 나갔다. 식사하며 오늘 가자고 했던 천제연 폭포를 가보자고 했다. 폭포까지 산책길이 길었다. 길을 걷다 보니 마음이 차분해졌다. 숲으로 이어지는 길을 걷고 폭포의 물줄기를 바라보며 마음이 정리가 되었다. 어제는 랑이 술이라도 마시고 피로를 풀며 푹 자고 싶었나 보다. 각자 좋아하는 것을 하자고 해놓고 내 마음에 들지 않는다고 다른 사람 있는 곳에서 '또 술이야 했던 나의 태도가 잘못되었구나' 생각이 들었다. 왜 나는 랑의 반주에 발끈했는지, 랑의 건강 때문이라고 하기엔 여긴 제주고 우린 여행 중 아니던가. 나의 잣대에 기분을 망쳤다는 후회감과 반성이 올라왔다.

"자기야 어제는 미안했어! 각자 하고 싶은 것 하자고 해 놓고 내가 못 지켰어!"
나는 진심이었다.

"나도 어제 속상하더라! 가게 주인 있는데 또 술이야 하는 자기가 미웠어! 나도 잘한 것 없지, 이제 조금만 마실게"
랑도 미안해했다.

"나, 오늘 아침 이대로 춘천으로 올라가야 하나 고민했어!"
웃음이 나왔다.

"혼자 즐길 뻔했는데 올라가시지, 그랬어!"

우린 어이가 없어 서로 마주 보고 웃었다. '무엇이 중한 디' 서로 원하고 즐거워하는 것을 해가면서 둘이 즐겁게 여행하자며 악수로 마무리했다. 앞으로도 다른 사람들과 대화도 못 하는 시간일 텐데, 둘이 잘 지내보자고 결론을 지었다. 다른 사람들이 있어도 우리는 둘만 대화하고 둘이 오롯이 여행해야 하는 것이다. 서로 이야기하고 맞춰가며 즐겁게 여행을 마치자고 했다. 아! 사람들은 많으나 사람이 그립다.

'어떻게 제주에 오셨어요?'
'우린 한 달 살기 하러 온 은퇴 부부예요.'
'여행 장소로 어디가 좋아요?'
서로 마주 보며 맛있는 음식 나눠 먹고 낯선 이와 이야기꽃을 피우고 싶었다.

# 인천 송도에 없는 것

나의 고향은 인천이다.

초등학교 때 떠났던 고향을 어른이 되어 찾아갔다. 자유공원은 그대로인데 그곳에서 돌아가던 집은 찾기가 어려웠다. 언덕 아래 집이었는데 그 언덕은 여기저기 많았다. 어릴 적 기억을 되살려도 우리 집은 찾을 수 없었다.

2013년 주거환경 개선사업으로 세계명작동화를 테마로 마을 전체에 색을 입히고 인형 조형물을 설치하여 동화마을이 만들어졌다. 동화마을이 되어 온통 동화 속 캐릭터와 그림책 속 그림들로 가득 차 있으니 옛 기억을 찾을 수 없는 게 당연했다. 알록달록 그림책 같던 곳에서 어린 시절 살던 집을 어떻게 찾을 수 있겠나? 동네 길도 집마다 담벼락에도 카페나 주차장 벽에도 온통 동화 캐릭터들이 그려 있어서 재미있게 돌아다닐 수 있는 마을. 한 참 돌아다니면 배가 고파온다. 그럼, 바로 옆에 있는 차이나타운으로 걸어가면 된다. 먹거리와 관광객들로 붐비는 공간이다. 식사, 디저트, 음료 등 걸어가며 구경하면서 골라 먹는 재미가 있는 곳이다. 유난히 줄을 서 있는 가게들이 있다. 뒤따라 서 있다가 하나씩 먹어보는 즐거움이 있다. 기념품 가게들도 많아 시간 가는 줄 모르게 돌아다니게 된다.

집 앞으로 나가면 내리막길 끝으로 바다가 내려다보였었다. 아침 일찍 일어나 길가로 나가 바다를 바라보던 어린 내가 떠올랐다. 서해안은 바닷가에 갯벌이 넓게 펼쳐져 있었다. 갯벌에 꼬물꼬물 움직이는 참게나 조개들은 널려 있었다. 어른들 따라 갯벌에 가면 발이 쑤욱 빠져들며 조개를 줍던 어린 시절 추억이 살아있는 인천.

비탈길을 뛰어 올라가면 언덕 위 자유공원이 우리들의 놀이터였다. 맥아더 장군이 세워져 있는 공원에 올라 하루 종일 놀다 내려오던 곳. 뜨거운 여름이면 아스팔트 표면은 달궈지고 녹아내렸다. 아이스케키를 먹고 남은 막대기에 녹아내리는 타르를 찍어 감아 식히면 단단해진다. 쫓아다니는 남자애들 머리통을 한 대 때려주면 아프다고 데굴데

굴 구르며 놀았었는데, 그 친구들은 어디에 있는지.

바닷가에서 살아서 그런지 여름이면 부모님이 월미도, 송도 해수욕장을 데리고 놀러 다녔다. 동네에 가까이 살고 있는 집마다 함께 모여 바다로 가서 큰 천막을 치고 함께 놀다 온 기억이 있다. 콩국수를 해도 동네 어른들이 모여 함께 만들어 먹었다. 저녁이면 평상이나 돗자리를 깔고 감자나 옥수수를 삶아 내와 어른들의 옛날이야기를 들으며 더운 여름을 나기도 했다.

옛날 여름이면 놀러 갔던 바닷가 송도로 넘어갔다. 옛날의 송도 모습과는 너무나 달랐다. 원시사회와 첨단도시사회랄까. 송도해수욕장을 재개장하면서 송도 유원지로 전성기를 구가했던 때가 있었다. 송도 신도시 매립공사로 현재 해수욕장은 폐장 되었다. 바다가 있지만 해수욕장이 없는 곳이다. 송도가 어린 시절 추억 때문인지 노후에 살고 싶은 도시 중 한 곳이다. 바다를 옆에 둔 공원에서 휴식이 어유롭다. 바닷바람을 맞으며 공원을 걷다가 벤치에 앉아 커피 한 잔을 마시면서 걷는 사람들을 바라본다. 바다 주변 공원 한쪽에 가족들인가 보다. 강아지는 폴짝거리고 두 사람이 배드민턴을 치고받는다. 치는 사람들도 보고 있는 우리도 모두 즐거워 보였다.

송도에는 신도시로 계획되어 지어진 아파트가 도시에 그림을 그린 듯 보였다. 센트럴 파크는 도심 속 자연을 즐길 수 있는 공원 중심으로 만들어졌다. 송도국제도시 국제업무지구에 있는 대형 공원이다. 공원 내에 바닷물을 실시간 정화해서 1급수 상태의 해수를 끌어들여 만들었단다. 공원 주변을 거닐며 작은 동물원에서 동물을 만나는 재미가 있었다. 해수로에는 수상택시를 타고 도시를 둘러보는 즐거움도 있다. 한옥으로 세워진 호텔과 곡선으로 올라간 아파트를 보는 것도 조화롭다. 새파란 하늘과 하늘색을 닮은 곡선의 아파트 건물들 아래 물가에 억새가 잘 어울린다. 난 어디에 있거나 상관없다. 한옥 호텔 마당에 있는 정원에서 커피를 마시거나 건물 옆을 걸어가며 그저 느낄 뿐, 많은 생각이 필요하지 않다.

어느새 낮이 저물어 가고 있다. 일몰 명소를 찾아 솔찬 공원으로 걷는다. 바다를 보기 가장 가까운 장소다. 옆으로 서해를 보며 일몰을 기다린다. 일몰을 보기에 가장 멋진 곳이었다. 공원 가까이에서 바다를 보고 느낄 수 있는 곳. 바로 발아래 바다가 잔잔하다. 여객선에 오른 듯 바다로 나아가는 착각에 빠져들었다.

옛 기억의 바다를 바라보니 마음은 어린 시절 공원 언덕을 뛰어오르던 소녀로 다시 돌아간 것 같았다.

# 치유의 숲에서 만난 고압선 철탑

한라산은 눈보라에 휘감겨 들고 있었다.

제주의 1월은 우리에게 낯선 모습으로 그 웅장함을 과시하듯 막아섰다. 등산로 폐쇄에 우린 발걸음을 돌릴 수밖에 없었다. 한라산을 꼭 등반하려고 준비하고 온 것은 아니지만 통제라고 하니까 아쉬움이 커져 눈보라가 밀어내는 데도 입구 쪽으로 자꾸 돌아보았다. 예약자에게만 열리는 출입구임에도 무슨 욕심인지?

서귀포 쪽은 날씨가 따스하게 느껴졌다. 서귀포 치유의 숲에 끌려 오르기로 했다. 치유의 숲도 하루 전날 예약해야 하는데 예약권 취소된 걸 확인하고 입장시켜 주었다. 오늘 운이 나쁜 날이 아니었다.

치유의 숲은 친절한 숲이다. 제주 방언의 자세한 안내의 이정표와 테마별 코스가 자세히 설명되어 있다. 겨울 눈길이라 여러 코스 중 갈 수 있는 길이 제한적이었다. 제주의 한라산 풍경과는 사뭇 다른 따뜻한 온기가 느껴졌다. 나무도 파릇파릇하게 나뭇잎을 달고 있었고 눈 속의 숲이지만 따뜻했다. 아름다운 숲 전국대회 아름다운 생명상을 받은 '엄부랑 숲' 길로 들어섰다. '엄부랑'은 '엄청난, 큰'이라는 의미의 제주어이다. 이외에 가베또롱은 가뿐한, 벤조롱은 산뜻한 뜻이고, 숨비소리는 해녀의 내뱉는 숨소리다. 오생이는 있는 그대로라는 의미이다. 각각의 재미있는 이름의 치유숲길이 여러 갈래로 골라 오르는 재미가 있다.

거인의 나라에 온 듯한 삼나무 길을 걸으며 한없이 작은 나를 느꼈다. 나무보다도 작은 나임을 느끼고 나니 머리가 자연스럽게 내려갔다. 자연 앞에 내가 누구라고 내세울 필요가 없었다. 삼나무가 내어주는 길을 걷고 우리는 그 품 안에서 숨 쉬며 느끼면 됐다. 숲은 우리에게 나눔을 알게 했고 두 팔 벌려 보듬어 주는 경험을 했다.

12월에는 치유 프로그램은 신다. 한 시간 반 정도 숲길만 걷다 내려와야 했다. 오름 중간에 '가베또롱 치유숲길'로 걷다 눈 내린 숲길도 걸으며 겨울에도 산행의 여유로움을 느꼈다.

살얼음 눈길을 사각거리며 스치는 발소리와 바람 소리, 날카로운 새소리만 들리는 숲에 온몸을 내어 묵묵히 걷다 보니 왜 치유의 숲인지 알 것 같았다. 커다란 나무 아래 겸손해지며 걸음걸음 나에게 온전히 집중하는 시간이 되었다. 걱정도 필요 없었고 아무 일도 생각할 이유가 없었다. 자연과 우리만이 함께 한다는 온전함을 가졌다.

정상에 다다랐을 때쯤 힐링센터 건물이 있었는데 그 주변에 고압선 철탑이 설치되어 있는 것을 보았다. 숲이 먼저였는지? 철탑이 먼저였는지 모르겠지만 고압과 치유의 상반된 이미지가 못내 불편해 보였다. 완벽이란 그리 어려운 일인가? 사부작사부작 걸어 올라간 산 위에서 철탑을 만날 줄은 몰랐다. 필요한 거는 알지만 뜻밖이었다. 2007년 전에는 고압선과 소아암 발병에 관한 연구가 있었는데 2008년부터는 우리나라와 유럽의 여러 나라에서의 연구 결과가 면역체계에 영향을 주지 않고 질병 징후도 없음을 확인하기도 했다. 안전하다면 다행이지만 한동안 전자레인지의 유해성이 결론 나지 않는 걸 보면 모르는 일이다.

우리 손에서 떨어질 줄 모르는 휴대 전화의 전자파 유해성은 인체에 무해 한가? 최근 휴대용 선풍기에서 방출되는 전자파가 인체 유해성 기준의 수십~ 수백 배를 초과했다고 뉴스를 접한 사람들은 충전용 휴대 선풍기를 버리기까지 하는 일이 있었다. 다행히 시민단체가 인용한 일부 연구 보고서의 보수적인 기준을 적용한 까닭으로 확인되어 마음을 놓았지만, 전기용품과 밀접한 생활을 하다가 보니 우린 일이 밝혀질 때마다 놀랄 수밖에 없다.

# 여행지에서 일몰을 못 보는 이유

바닷가에서 보는 일몰.

태양이 바다에 잠겨 파도처럼 너울거렸다. 세상의 오렌지 색을 모아 바다에 풀어놓은 듯 시선을 당겼다. 애월 해안 도로를 따라 한담산책로를 걷다가 랑과 모처럼 마음이 통했는지 오랫동안 해의 끝을 잡고 서 있었다. 그도 잠시 태양의 윗부분은 수평선에 스며들었다. 거기엔 저녁을 뭘 먹어야 하는지, 아이들은 잘 지내는지, 술을 꼭 마셔야 하는지, 내일 뭘 입을까, 아무것도 생각나지 않았다. 난 오렌지 빛 태양이었고, 랑이었다가 바다가 되기도 했다. 스며드는 것, 이유를 대지 않아도 설명하지 않아도 그냥 느낄 수 있다는 것. 태양도 매일 불같이 화를 내면서도 시간이 되면 바다와 서로 스며드는 걸 보면 전생의 부부였는지.

제주에는 계절 별로 여러 번 내려왔었다. 그런데 패키지로 왔어도 가족끼리 자유여행을 했어도 바닷가에 산책하며 일몰을 느꼈던 기억이 나지 않았다. 단체 여행을 와선 여행지 다니다 저녁 식사하러 식당을 찾았고, 가족 여행에서도 하루의 관광을 끝내고 일몰 시각에 저녁을 먹으러 식당을 찾아서 들어갔던 것 같다.

하루를 둘이 계획하고 지내다 보니 이런 일몰에 취하는 호사를 누리게 되어 흥분되었다. 군산오름에서 마주한 일몰은 생에 잊지 못할 장면으로 남을 것 같다. 군산오름은 제주 오름 중에서 둘레가 가장 넓다고 한다. 차로 중턱까지 오르는데 길이 좁아 마주치는 차량과 위태롭게 설설 기며 지나갔다. 나무 계단으로 오름을 오르니 돌들이 솟은 꼭대기가 우릴 기다리고 있었다. 산방산과 송악산, 형제바위가 보였고, 바다 멀리 가파도와 마라도가 내려다보였다. 일몰 시각까지 한 시간이 남았다. 우린 서로 마주 보고 '당근 보고 가야지' 눈빛으로 알 수 있었다. 사람들은 돌아서 내려가기 바빴다. 그들도 일몰을 못 보고 저녁 식사하러 가는 것 같았다.

우린 서성거리며 오르락내리락하다 벤치에 앉았다가 누워보았다. 늘 쫓기듯 다녀가는 제주였는데 한 달 살기는 여러모로 우리에게 여유를 주었다. 천천히 마주하는 자연은 또 다른 의미로 우리에게 다가왔다. 누워서 바라본 하늘은 한없이 여유로웠고 바람은 따뜻하다가 차가웠다. 제주를 좀 더 느끼며 알아 가는 시간이 되고 있었다. 시간은 다가왔고 태양은 아름다운 눈빛으로 하늘을 훑어보고 산을 어루만지며 우리의 얼굴도 거쳐 가면서 산등성이 너머로 자애롭게 스며들었다, 긴 여운으로 우린 오랫동안 오름을 지켰다. 자연 앞에 어린아이가 된 것처럼 아무 말 없이 서 있었다. 우린 노후로 가는 시간 앞에 있다. 아름다운 것도 많이 보고 느끼고 살았다. 시들어 가는 장미꽃이 될지, 화려하게 떨어지는 동백꽃이 될지는 모르겠지만 사계절 아름답게 변해 가는 자연이 우리에게 스며들었으면 좋겠다. 자연의 미소와 자연의 웃음과 자연의 여유로움을 흡수한다. 눈에 담고 바람결이 스며든 머리카락은 기억할 것 같다.

# 걸으면 보이는 것들

제주도 한 달 살기 하러 가서 참 많이 걸었다.

올레길과 오름을 찾아 걷기로 하곤 열심히 걸어 다녔다. 예전에 여행하면 여러 군데 관광하러 다녀야 해서 차를 타고 다니기 바빴었다. 차에서 내리면 시간 맞춰 다녀와야 했고 여유가 없었다. 한 달의 시간은 우리에게 여유로운 여행을 안겨 주었다.

맛집 찾아 가면 어김없이 대기 시간이 필요했고 점심시간에는 대기 1시간 기다려 밥을 먹은 적도 있었다. 바닷가에 있던 고등어 쌈밥집에서 대기표를 받고 바닷가로 내려갔다. 바다 가까이 산책길이 있어서 바다 위로 걷는 기분이 들었다. 발아래에 철썩이는 파도를 보며, 파도 소리를 들으면 발끝에서 바닷물이 느껴졌다. 바람은 다소 세게 불어 머리카락을 휘날려 정신이 없었지만, 생생한 바닷바람과 파도 소리에 기분이 좋아졌다. 마을로 이어지는 바닷가 산책로를 걸으면 애월 주민이 된 것 같았다. 제주도 푸른 바다, 그 바다색이 청량하게 기분을 맑게 했다.

산책하다가 예전에 랑한테 부탁한 말이 생각났다.

"자기 걸음이 빨라서 따라가기 힘들어!"
뒤쫓아 가다가 힘들어서 한마디 했다.

"그럼, 가다가 기다릴게!"
랑은 아무렇지도 않은 듯 쉽게 이야기했다.

"난 자기가 좀 천천히 나랑 발맞춰 걸었으면 해! 그리고 나이 더 들면 손잡아 주고 넘어지지 않게!"
그다음부턴가 랑도 발걸음을 늦추고 이야기도 나누며 내 손을 가만히 잡아줬다.

바닷가를 걸으면서 내 손을 잡고 발맞춰 걸어주니 뒤쫓

아 가기 바빴던 때와 달리 여유가 있었다. 천천히 다니다 보면 많은 것을 보게 된다. 제주의 다양한 돌들을 보고 만지면 탐나는 돌이 나온다. 발뒤꿈치에 쓰일 돌을 기어이 찾아 손에 꼭 쥐었다. 욕심내다가 공항에서 가방 오픈 할까봐, 딱 한 개만 들고 왔다.

바람 많은 제주다, 한 달 중 29일은 바람과 함께였다. 하루 정도 조용했었다. 적응하기 어려운 날씨지만 모자 눌러 쓰고 선글라스 쓰고 다니면 그런대로 괜찮았다.

시간 맞춰 식당으로 올라가 식사했다. 창밖으로 파도치는 바다가 가까워 맛이 더해진 듯했다.

저녁에는 애월항으로 가 보기로 했다. 어두워진 항 쪽으로 불빛이 불야성을 이루고 있었다. 주변으로 카페들이 들어서 있어서 카페항이라 해도 될 것 같았다. 바닷가 주변에 병풍처럼 둘러선 건물에 불빛이 반짝였다.

'장한철 산책로'가 바닷가 바로 옆으로 끝없이 이어졌다. 장한철이 과거길에 배가 일본까지 밀려가 떠돌다 물에 닿아서 쓴 책인 표해록을, 조명에 새겨 길을 걸으며 그의 일대기를 살펴볼 수 있게 만들었다. 산책로를 걸으면 바다를 향하는 발걸음에 움찔 놀라기도 했다. 밤 산책은 또 다른 감동을 주는 시간이었다.

산방산이 바라다보이는 해변에 차를 세웠다. 여행 오면 산방산 주차장에서 세워놓고 올라갔다 내려오기 바빴는데 조금 거리를 두고 바라보니 산방산이 다르게 보였다. 산방산이 멀리 모자처럼 보이기도 해서 사진도 찍고 해변을 걸으며 놀았다. 멀리 송악산이 보였다. 걸어가 볼까? 모래사장을 걷고 또 걸었다. 모래사장에 푹푹 발이 빠져도 그 또한 재미가 있었다. 모래사장을 지나면 나무 길을 걸었다. 걷다 보니 어느새 송악산 주차장에 다다랐다. 멀리서 보는 것보다 산이 훨씬 컸다. 정상에 오르니 날씨가 좋아 가파도와 마라도가 멀리서 보였다.

일제의 훼손과 도민 학살에 아픈 상처를 품고 있다지만 너무나 아름다운 바닷가에 위치해 굳건하게 지키고 있는 모습을 바라보며 감사하게 느껴졌다.

하늘에는 수많은 양떼구름이 하늘을 뒤덮었다. 하늘 가득 덮여있기에 무슨 징조인가 싶었다. 카페에 앉아 커피를 마시는데 갑자기 건물이 두두두 흔들리며 큰 소음이 들렸다. 몇십 초 흔들리다 멈췄다. 주인도 놀라고 우리도 놀라 밖으로 나갔다, 잠시 뒤 재난 문자가 지진 4.9를 알렸다. 지인들과 아이들의 걱정 문자와 전화가 왔다. 무사히 잘 있다는 답을 하고, 참 우리나라도 재난에 발 빠르게 대

처하는 것 같아 마음이 놓였다. 다행히 큰 지진이었음에도 사고 없이 끝났다. 놀란 가슴을 쓸어내리고 서둘러 걷기 시작했다. 추가 지진은 없어서 주차한 곳으로 걸어 되돌아 갔다.

양떼구름으로 하늘은 그지없이 멋있었고 길은 조명으로 밝혀 예뻤다. 먼 길을 둘이 사뭇 더 의지하며 산방산을 향 해 걷고 또 걸었다.

# 나의 봄날

부드럽고 화사한 봄날, 이른 아침.

나는 지금 인생의 사계절 중 늦가을로 들어섰다. 하지만 올해 우리 앞에 봄 햇살은 또다시 화사하게 비쳤다. 나는 자연스럽게 늙어가고 우리 앞에 펼쳐지는 봄, 여름, 가을, 겨울은 변함이 없어 보였다. 그것을 느끼는 나의 마음만 바뀌어 갈 뿐이다.

올해 봄날은 그 어느 때보다 새롭고 화사했다. 나이만큼 느껴지나 했는데 내가 어떻게 느끼며 사느냐의 문제였다. 마른 가지에서 움트는 연둣빛 잎이 귀엽고, 앙증맞은 꽃봉오리가 언제 펼쳐질까? 기대되는 봄날이었다.

봄 햇살을 맞으며 어쩌면 우리 앞의 생도 가을 겨울만 남은 것이 아니라 매년 봄을 맞이할 수 있겠다는 생각이 들었다. 기대하며 흥분되어 내 님 오실 마중 길처럼, 자세히 보아야 예쁘다는 시인의 말처럼, 이 봄이 하나하나 볼수록 내 마음도 예뻐지는 경험을 했다.

공지천으로 가는 나무로 만든 산책길을 걸을 때 그늘 쪽에 나무 하나를 보았다. 검은 가지에는 작년에 피었던 잎들이 미처 은퇴하지 못한 것처럼 떨어지지 못하고 대롱대고 있었다. 어떤 미련이 남아 잎을 떨구지 못하고 있을까? 유독 눈길이 갔다. 양지바른 나무들은 새순이 올라 연두연두 해지는 그쯤, 갈색 잎 대롱이던 검은 가지 나무를 찾았다. 검은 가지에 연두가 화살처럼 삐죽 나왔다. 아! 죽은게 아니었구나! 봄 햇살을 받으며 하루가 다르게 새순이 돋아 올랐다. 어느새 검은 가지를 다 덮고 하얀 구슬처럼 꽃망울까지 매달았다.

공지천 물가 옆에 벚꽃은 꽃망울이 뭉게뭉게 피어오르며 축제 준비를 하고 있었다. 우리 둘은 매일 아침 꽃구경을 위해 공지천을 걸었다. 벚꽃이 피는 과정을 매일 보는 것은 우리에게 큰 행운이었다. 개나리는 나무 아래 융단처럼 깔렸고 길게 나열한 벚꽃은 일제히 개화하여 시선을 끌었다. 매일 기대하며 돌았던 아침 시간이 꽃들로 황홀했고 봄이 가져다주는 기대와 희망에 마음이 부풀었다.

공지천에서 매년 이렇게 봄의 축제를 열었겠지! 우리 마음에 따라 느껴지는 감동이 다를 수 있구나! 어쩌면, 바쁠 땐 꽃이 피는지 지는지도 모르게 지나쳤겠지. 길을 걷다 보니 보도블록 사이 틈을 비집고 피어나는 꽃들도 보았다. 봄은 모든 생명이 솟아나고 있었다. 야생화는 어쩜 그리 작은 형태의 꽃잎을 보여 주는지 나름 대견했다.

매년 느꼈던 매화의 향기와 꽃잎의 꽃분홍 색감이 이리도 향기롭고 예쁜지 보고 또 보는 설렘이 있었다. 산책과 꽃길이 어우러진 이 봄, 무심히 지나치는 길이 아니라 하나하나 자세히 살펴보는 마음의 눈을 갖게 했다.

우리 몸도 계절 따라 사계절의 몸으로 살아가는 것이다. 그러면 1년 중엔 지금은 여름의 몸으로 살아간다. 매년 봄이 시작되면 우리의 몸도 봄이 되고 여름이 되고 가을 겨울을 지나 해가 바뀌면 다시 봄이 되는 거다. 계절 따라 우리는 리듬 있게 살아가면 되지 않을까? 인생의 가을이니 겨울이니 하지 말고 봄은 봄답게 여름은 여름답게 매해 계절에 맞춰 살아가고 싶다.


"난 공지천에 벚꽃이 이 정도인지 몰랐어!"
랑은 정말 놀라워했다.

"그러게, 진해 벚꽃이 다 무색하네! 우리가 멋진 곳에서 살고 있었네!"

나도 약간은 흥분이 돼서 이야기했다.

랑은 겨울이 지나기도 전에 일을 준비하고 봄이 되면 바빠지는 일의 특성상 여유 있게 봄꽃놀이를 하지 못하고 살았다. 은퇴하고 시간이 허락되어 이제는 둘이 함께 이 봄을 걸으며 온전히 느낄 수 있었다. 산책길을 걷다 보니 자연과 더불어 사는, 좋은 동네에 살고 있다고 느껴진다. 석사천으로 걷는 길도 좋다. 길바닥에 태양광 조명등도 설치해서 밤길에도 걷기가 좋다. 천이 흐르는 물길을 따라 물소리를 들으며 걷는 것도 낭만적이다. 천 따라 가꾸어 놓은 꽃을 구경하는 재미도 크다. 걷다가 쉬어가는 파라솔 아래 벤치도 적절하게 놓여 있다. 운동 기구도 곳곳에 설치되어 있어서 이용하고 있다. 밤하늘을 바라보며 별들의 길을 따라 걷는다. 오전이든 저녁을 먹고 나서는 산책이든, 랑과 함께 걸을 수 있는 여유가 생겨서 좋다. 오늘 밤은 별들이 우리 뒤를 따라온다.

# 용호리에 가면

'세컨드하우스 갖는 게 로망이야!'

그 말을 항상 염두에 두고 살다가 좋은 기회에 화천군 간동면 용호리 파로호가 내려다보이는 언덕 위에 집을 짓기로 했다. 랑은 시골 황토집을 짓고 싶어 했다. 아궁이에 군불도 때고 굴뚝으로 연기가 나오는 그런 집의 그림을 그렸다. 그럼, 집이 저절로 만들어지는 줄 알았다. 처음 생각은 '열 평이면 되겠지' 하고 시작했는데 노후에 살 집을 짓자고 결론을 내리고 좀 더 크게 설계가 되었다. 거실과 주방을 통으로 구분 없이 만들고, 방은 이층 구조로 올리기로 했다.

황토집을 지을 수 있는 황토 벽돌이 있었다. 일반 벽돌 서너 장 크기로 무게도 무거웠다. 춘천에서 한 번씩 갈 때마다 레고 조각들을 쌓아 올리듯 벽이 만들어져 갔다. 나무 기둥과 벽돌이 서로 어우러져 집의 형태를 이루어 가고 있었다. 협력하고 비로소 선을 이루듯 조금씩 변신을 거듭하여 벽과 지붕이 완성되었다. 겨울이 오는 계절에 통유리 창을 가진 거실 넓은 집을 갖게 되었다.

춘천에서 배후령 터널을 지나면 청평사로 가는 길과 양구로 가는 곳에 회전교차로가 나온다. 화천으로 가는 길을 따라 용호리에 들어서면 교회 십자가 너머 오렌지색 기와가 얹힌 황토집이 언덕 위에 있다. 겨울에도 왠지 따뜻해 보이는 곳, 붉은빛이 도는 우리의 세컨드하우스이다. 노후에 전원생활을 하고자 2017년 겨울쯤 완성되었다. 방 둘, 거실 하나에 주방과 화장실, 마당이 너른 집을 갖게 되었다. 거실에 앉아 있으면 넓은 창으로 파로호가 내려다보인다.

살아서 천년, 죽어서 천년을 산다는 주목들이 병정처럼 서서 울타리가 되어 주었다. 그 아래 자리 잡은 꽃잔디들의 망글망글 피어나는 분홍 무리는 사랑스럽다. 속살이 빨갛게 관능적인 나무를 둥글게 다듬어 세우고 기와 얹어 정자도 만들었다. 넓은 돌을 쌓아 계단을 만드니 잘 어우러져 보였다. 둥글게 만든 벽돌 화덕이 따뜻함을 내뿜는다. 바닥은 아이들과 붉은 벽돌을 이용해 커다란 꽃무늬로 장식하여 멋진 자리가 되었다. 화덕과 정자 사이에 소나무가 우여곡절 끝에 살아 서 있다. 뽑아내자는 남편과 정자와 어울린다고 고집하는 나는 다투다 중간 가지를 쳐내며 소나무는 목숨을 부지했다. 어느새 키가 커서 정자 지붕까지 자라 나름 운치를 더해준다.

이른 아침 정자 옆에 서면 호수에 내리는 구름을 볼 수 있다. 운무를 보고 있으면 어느새 산을 휘어 감고 내려와 호수에 빠져든다. 저녁이면, 밝은 달은 호수의 유혹에 자주 몸을 담근다. 한여름 운 좋으면 팅커벨 같은 반딧불도 만난다. 저녁이면 수많은 별이 마당으로 쏟아질 듯 반짝거린다. 집 뒤로 산이 둘러있고, 집 앞으로는 호수가 펼쳐져 있는 언덕 위의 집이다. 호수가 바라다보이는 것이 무엇보다도 매력적인 곳이다.

최성희 시인이 놀러 오셨다가 시 한 수 지어주었다.

마음 설레임 맑은 바람 타고 싶은 날 / 최 성 희


통나무 기둥
넉넉한 품위
파란 하늘 내린 뜨락
곰살 빚은 사랑마루
쫄로로이 햇살 펴서 앉고는


찰칵 울림
보조개 하얀 덧니
눈꺼프리 정겹다


장작 지핀 황토방
엄마 몰캉한 젖 내음 솔솔 일고
아랫목 잘잘 끓어 등 붙여 누우니
약발 받았는가
녹슨 뼈 마디마디 녹아든다


키득키득
장난기 발동하지 말그래이
침 발린 손가락

쏘옥 뚫을라 문창호지
첫날밤 새색시 수줍그러
내 고향 문풍지인가 그립다

널따란 돌상 위
수껑불 삼겹살 연기 맛
김치 둘둘 감고 지지지 익는 듯
텃밭 상추 이파리 한 쌈
우걱우걱 눈에 선하다

얼씨구나 좋다
통나무 쉼터
디딤 돌계단 올라보자
나그네 노을 한 짐 깔아
뒹굴고 싶은 한 자락 여유
지그시 속눈썹 내리니

철철이 옷 갈아입었을 앞산
그 밑으로
한반도섬 돌아든 강물
정든 님 사공 삼아

배 한 척 띄우고
어기영차 파로호
노 저어 가잔다

바람 타고 좋은 날
춤사위 더덩실
하이델베르크 버무린 한옥
멋 숨어든 그림 한 폭
가방 속에 따라와서는

백지 위에 놀자고
칭얼칭얼 보채는가

# 넌 누구니

　땅을 일궜다. 도라지랑 더덕 씨를 사고 토마토 모종을 6개, 초석잠 모종 10개를 샀다. 친구 부부는 온갖 채소 씨를 뿌리고 모종들을 심었다. 약을 뿌리지 않아 제일 먼저 나온 열무 잎은 모기장인 줄 알았다. 벌레들이 얼마나 알뜰하게 먹었는지 구멍이 숭숭 난 것이 성한 잎이 하나도 없었다. 우리는 유기농야채로 임명하고 듬성듬성 솎아내어 삶아 무쳐 먹기로 했다. 열무김치가 아니라 나물로 먹으니 나름 맛이 신선하고 좋았다.

　난, 집 짓느라 바쁜 남편을 채근해 채소를 심을 수 있는 밭을 만들어 달라고 했다. 남편은 집 지키는 반려견 반디 옆으로 경사진 밭을 삽으로 뒤집어 비료를 뿌려주었다. 반디의 응가를 한쪽에 모아둔 것도 밭으로 던져 흙을 뒤집어

놓으니, 기분이 찝찝했지만 그렇게라도 해주는 성의에 꾹 참고 내 밭이 만들어지길 기다렸다. 비료 가스가 빠져야 한다고 며칠 있다가 씨를 뿌리라고 했다. 친구네 밭에 각종 채소가 크고 작게 나오는 동안 내 마음은 조급해졌다.

하릴없이 서성거리다 전지가위를 들고 산 주변에 힘차게 뻗어 나오는 칡넝쿨을 잘라 주었다. 이놈의 힘이 얼마나 센지 아카시아 줄기를 칭칭 감아 생명을 말라버리게 한다. 배배 꼬여 있는 줄기를 풀어주니 아카시아가 하늘하늘 춤을 춘다. 봄볕에 얼굴이 화끈거리며 아픈 줄도 모르고 칡넝쿨과 실랑이를 버리다 칡 새순이 눈에 들어왔다. 저놈도 분명 쓰일 데가 있을 텐데, 라며 얼른 스마트폰에 의뢰했다. 칡의 어린잎을 말려서 차로 달여 마시는 방법이 가장 안전하고, 고혈압과 당뇨에 좋고 변비를 해결해 주며 갱년기 질환과 기관지 질환, 불면증에도 좋으며 간 건강과 해열, 견비통, 노화 방지에 좋다고 나왔다. 잘라 버렸던 칡을 찾아 새순을 모았다. 봄에만 모을 수 있는 귀한 순을 모르고 버릴 뻔했다.

며칠 뒤, 드디어 토마토 모종과 초석잠 모종을 심어 주었다. 여름이면 보라색의 흐드러진 도라지꽃을 볼 수 있을 거라는 기대감에 흐뭇했다. 줄 맞춰 고랑을 내고 작은 씨앗을 겹치지 않게 골고루 뿌려주었다. 장갑을 끼고도 흙을 만지면 손톱 사이로 까맣게 끼지만 아랑곳하지 않고 손으로 고이고이 흙을 뿌려주었다. 더덕 씨까지 뿌리고선 물을 주었다. 세찬 호수로 뿜어져 나오는 물로 씨앗이 날아갈까 걱정이 되어 바가지로 살살 부었다. 혼자 뿌듯한 맘으로 내려 보고 얼른 초록의 새싹이 나오기를 기다리기로 했다.

일주일 이주일이 지나도록 나오지 않더니 드디어 초록이가 나오기 시작했다. 몇 잎 나오기 시작하니 여기저기 쉴 새 없이 나오기 시작했다. 고랑 밖에도 토마토 모종 주변에도 나오는데 정신이 없었다. 분명 고랑을 파고 씨를 뿌리고 흙으로 덮어 주었는데 왜 사방에서 나오는 걸까. 그 날 바람이 세차게 불더니 흙과 씨앗이 바람에 여기저기 흩어졌나 하는 의아한 맘이 들었지만 앙증맞게 땅을 뚫고 나오는 새싹들이 귀엽고 신기했다. 밭을 벗어난 놈들은 흙까지 푹 떠서 밭 안으로 옮겨 주고 풀도 뽑아 주었다. 나만의 도라지밭을 상상하며 기분이 좋았다. 신비로운 빛깔의 도라지꽃을 갖는다는 기쁨에 스스로 기특해했다. 물을 시원하게 뿌려주고 나 혼자 집으로 일찍 들어왔다.

얼마 후 랑에게 전화가 왔다.

"밭에다 뭘 가꾸는 거야, 풀밭을 만들어 가꾸나?"

"무슨 말이야 도라지랑 더덕 씨 뿌렸는데."

순간 잎이 둥글둥글하게 나온 게 조금은 이상하다고 느꼈던 생각이 떠올랐다. 넌 누구니?

"그럼, 싹 나온 게 도라지가 아니고 몽땅 풀이야?"

"그래 풀이야 잎이 넓적하고 키가 커지는 어디다 쓸데도 없는 풀이야, 바빠서 못 봤는데 애지중지 물도 주고 가꾸길래 뭔가 보았더니 풀이야! 혹시 도라지 싹은 풀이라고 뽑아 준 거 아니야? 도라지 싹은 안 보이는데?"

어이없는지 웃으며 놀리더니 다시 씨앗을 뿌려 보라고 하며 전화를 끊었다.

랑 친구도 평택에서 농사를 짓는다. 몇 주 전에 모내기한다고 해서 내려갔다가 볍씨가 발아하지 않아 모심기를 못했다. 다시 발아시켜야 한다고 했다. 씨앗이 나를 속인 건가? 내가 거짓 새싹에 현혹되어 진짜 도라지 싹을 뽑아낸 건 아닌지.

우리는 살면서 허구에 빠져 실상을 왜곡하고 살 때가 있다. 진실이라고 믿었던 현실이 우리를 비웃으며 우리를 놀릴 때가 있다. 눈으로 보고도 거짓과 진실을 바로 알지 못하는 삶을 살 때가 있다. 내가 바로 알지 못할 때 속고 사는 것이다. 잘못된 정보로 우리를 현혹하거나 우리 눈을 흐리게 하거나 판단을 오판할 수 있게 하는 것이다. 수많은 보이스 피싱 피해자들이 그렇다. 피해 사실을 보도하고 알려주어도 또 다른 피해자가 계속해서 나오는 것을 보면 안타까움이 든다. 지인 가족도 남편이 보이스 피싱 사기에 걸려 경제적으로 위기에 몰려 안타까움을 주었었다. 지금 대출 이율보다 적은 이율로 바꿔준다는 보이스 피싱에 속아 그들이 불러주는 은행 계좌로 돈을 먼저 보낸 게 화근이었다. 속는 게 문제인가? 나쁜 마음을 갖고 작정하고 속이는데 어떻게 물리칠 수 있는가?

나도 전화를 받은 적이 있었다.
"댁이 ~~네 집이죠?"

"네? 누구요?"
"~~어머니예요?"

다급한 목소리로 정확하지 않은 아이의 이름을 대며 서두르는 소리에

"지수요?"
라고 물었다.

"네, 지수가 지금 머리를 다쳐 쓰러져 있어요."
하면서 지수를 부르는 소리가 들렸다.

"지수야, 지수야, 야 인마 정신 좀 차려봐."
하는데 개콘에 나오는 장면이 떠올랐다.

"잠깐만요!"
하고는. 얼른 전화를 끊었다.

지수에게 전화를 걸었다. 익숙한 컬러링의 음악 소리가 오랫동안 흘렀다. 아니 진짜가? 왜 이렇게 전화를 안 받는 걸까? 온갖 걱정과 상상으로 나의 마음은 타들어 갔다. 아들아 전화 좀 받아라. 그만 울고 싶은 마음이 들었을 때

"엄마?"

반가운 아들의 목소리가 들렸다. 회사에서 작업 중이었단다. 전화 온 사연을 들려주고 어이없어 둘이 웃고는

"조심해라."

전하고 전화를 끊었다.


보이스 피싱 사기꾼 그들은 무슨 생각들을 하고 사는지? 그들의 정신 구조가 궁금하다. 분명 그들의 뇌 구조가 다를 듯싶다. 목소리 사기꾼들이여 귀 있으면 들어라. 인간이면 인간다운 삶을 살거라. 한 가정의 평화를 깨는 사기는 인제 그만, 시골에 혼자 사는 어른들도 건들지 말아라. 개과천선하여 열심히 일하고 이 세상에 왔으면 너답게 살다 가거라.

# 2 : 7

작년 장마에 호박 농사를 망치고 우린 들깨에 도전해 보기로 했다.

참기름보다 들기름에 관심이 쏠렸고 들깨 값이 자꾸 오르는 유혹을 뿌리칠 수 없었다. 들깨에는 항암효과, 혈관 건강, 당뇨 예방, 두뇌 건강, 피부 미용 등에 효과가 있다며 관심이 높았다. 우리의 건강에 이롭다는 정보는 우리의 선택을 좌지우지한다. 이왕이면 몸에 좋다는 기름을 먹는 게 좋겠지! 그럼, 들깨를 심자.

600평 밭에 들깨 모종판 40개를 예상했다. 농사짓는 지인께 모종판을 부탁했다. 얼마 후 들깨 싹이 자라고 있다며 작은 가위를 갖고 아침에 비닐하우스로 오라고 했다.

까만 모종판에 새파랗게 새싹이 자라고 있었다. 동글동글한 새싹이 앙증맞고 벌써 들깨의 향을 품은 듯 바람이 불면 고소함이 풍기는 착각에 빠졌다. 올라온 싹의 아래를 보니 한 개부터 여섯 개까지 싹이 나와 있는 것을 3개 남기고 잘라내야 했다. 손톱 가위를 들고 똥 방석에 앉아 미용하기 시작했다. 머리숱을 치듯 가위질하는데 재미가 슬슬 일로 변하여 '에고' 소리가 절로 나왔다. 숙인 허리가 먼저 아파왔고 가위질에 손가락이 멍해져 싹을 손으로 뽑았다. 뿌리가 엉켜 나머지도 딸려 나왔다. 왜 가위로 자르라고 했는지 알 수 있었다. 씨앗에서 절로 나와 자라는 것은 없는 것 같다.

판에 상토를 채우고 들깨를 2~3개씩 한 곳에 심어 놓고 상토로 덮어 아침저녁으로 물을 주고 새싹을 피워낸다. 3~4센티 자라면 솎아주는 작업을 하고 7월 초에 밭의 흙을 포슬포슬하게 갈아 주고 거름을 미리 해 놓았다가 한 두 포기씩 심어야 한다.


우리가 심기로 한 날에 비 소식이 있었다. 모종을 심고 비가 오면 좋겠다는 생각에 서둘렀다. 랑은 긴 줄을 가져와 밭의 끝과 끝에 대고 '보기 좋은 떡이 먹기도 좋다' 며

오와 열을 맞추자고 했다. 그 일이 결국 밭을 반복해 걷고 또 걷게 했다. 설상가상으로 비가 내리기 시작했다. 시원해서 일하기 좋다며 서로 격려하며 일하기를 멈추지 않았다. 왕복으로 오가며 줄을 대고 간격을 맞춰 들깨 모종을 심는 사이에 비의 굵기는 점점 굵어졌다. 장화 밑창에 흙이 엉겨 붙기 시작하며 흙은 흙을 붙여 장화의 밑창은 밭과 떨어지질 않았다.

　비 오는 날 작물을 심으면 100% 살 확률에 우리는 모든 걸 걸었다. 난 이미 생각 없이 움직이는 몸이 되었고 랑도 무아지경 속에서 움직이는 듯했다. 우린 말수가 줄었고 무한 반복되는 줄 대고 땅을 파고 모종을 심고 흙을 덮는 일에 몰두했다. 모종판은 40개에서 점점 줄어들었고, 날이 어두워지기 전 마지막 판의 들깨 싹을 다 심었다. 하루 동안 들깨 심는 기계가 된 양, 같은 작업을 되풀이하며 익숙해질 때쯤 일이 마무리됐다.

　"우리 너무 잘한다, 이참에 들깨 모종 심으러 알바 다닐까?"

　랑이 넘긴 말에

"내가 내 정신으로 한 줄 알아? 두 번은 못 하겠어!"

흙이 달라붙은 장화를 바위에 퍽퍽 대고 털며 내 마음을 보였다.

다음 날 아침, 한결 편안해진 몸과 마음으로 밭으로 갔다.

"우와 이거 우리가 심은 거 맞아?"

난 랑을 보고 환호성을 질렀다.

줄을 대고서 심은 들깨 모종이 오와 열을 맞춰 대지에 펼쳐져서 장관을 이루었다. 흙은 물기를 품고 기름진 밭에 대열 해 놓은 아기 병정처럼 미래가 기대되며 마음으로 뿌듯했다. 농사의 작물은 농부의 발걸음 소리를 듣고 자란다는 말이 있다. 얼마나 부지런하냐에 따라 농사의 풍작을 기대할 수 있다는 말 같다. 정말 보기 좋은 떡이 먹기도 좋다는 말이 크게 공감됐다. 줄지어 선, 들깨의 미래가 너무 궁금해졌다.

화천에서 일을 끝내고 춘천으로 나오는 길에 한 밭에 여러 사람들이 들깨 모종을 심고 있어서 눈길을 끌었다. 한 500평 되는 밭이었다. 잠깐 차를 세우고 지켜봤다. 우리 밭보다 조금 작은 밭인데 우리 둘이 하루 종일 빗속에서 고생하며 심었는데 저들은 7명이 심으려고 왔구나, 하는 생각에 어제 우리의 고생이 다시 떠올랐다.

"7명이 할 일을 우리 둘이 한 거야? 어이없네."
나는 랑을 보고 웃음이 나왔다.

"둘이 잘했지! 뭐 다 해냈잖아!"
랑은 오히려 뿌듯하다는 표정이었다.

초보 농부들의 열정으로 생각해야 할까? 저렇게 사람을 사서 농사지으면 뭐가 남을까? 괜한 걱정까지 하며 나도 조금 뿌듯해진 마음이 되어 집으로 갔다.

# 천년초로 정했어

  시골에서는 이웃과 얼굴만 마주쳐도 꽃씨와 모종을 얻을 수 있다. 화천 용호리집 옆에 작은 집을 짓고 노부부가 도시에서 살러 내려왔다. 작은 밭이지만 밭을 깔끔하게 정리하며 농사를 잘 지었다. 참깨며 고추, 배추, 등 다양한 채소와 과실나무도 심고 재미있어하며 농사를 짓는 게 보기 좋았다. 부인은 마당에 정원을 만들어 각종 꽃을 심어 피워냈다. 정원의 꽃이 너무 예쁘다고 하며 보러 가면 꽃모종을 나눠 주시곤 했다.

  한 번은 내려갔다가 미키마우스를 닮은 선인장을 보았다. 아주머니는 너무 많아서 뽑아 버린다고 했다. 몇 개를 받아 와 정원 한쪽에 심었다. 미키 마우스를 닮은 녀석들이 여기저기 잘 자랐다. 작은 전구처럼 생긴 녀석들이 뾰족 뾰족 올라오더니 노란 꽃송이를 탁 터트리며 꽃을 피웠다. 겨울이면 땅에 납작 엎드려 죽은 듯이 잠을 자다가 봄이 되면 어김없이 몸을 세워 싹을 피워낸다. 녀석의 정체가 궁금했다. 네이버에 올려놓으니, 천년초라고 알려준다. 천년초에 대한 효능도 자세히 알려준다.

우리는 100세 시대를 살아가고 있다. 하지만 건강은 자신하지 못한다. 젊어지려면 마그네슘을 먹어야 하는데 천년초에 많이 들어있다고 한다. 위 건강에도 좋은 음식이며 암 예방 식품으로 알려져 있다. 항산화 물질과 식이섬유가 풍부하고 혈액순환 개선과 피로 해소, 눈 건강, 노화 방지, 간 건강에 좋다고 한다. 뿌리에는 인삼에 들어있는 사포닌 성분이 들어있다고 한다.

우린 천년초를 심고 가꾸어서 즙으로 내어 팔면 좋겠다는 계획을 세웠다. 밭에 심어놓으면 다년생으로 해마다 수확할 수 있고, 귀 하나 잘라 땅에 푹 꽂으면 번식력도 좋아 재배하는 데 문제가 없어 보였다.

그런데 우리가 할 수 없는 이유가 바로 드러났다. 맨손으로 만졌다가 수많은 잔가시가 손가락마다 박혀있어서 따갑고 잘 보이지도 않아 애를 먹었다. 하나하나 뽑아내도 또 따끔거리며 괴롭혔다. 잔가시 때문에 재배 농가가 사라지고 천덕꾸러기가 되어가고 있다고 한다. 나도 경험해 보고 재배할 수 없음을 알았다.

한 농가에서는 한 아주머니가 천년초의 효능으로 건강을 회복하고 계속 재배하고 있다. 천년초를 만질 때는 비닐 옷을 입고 고무장갑을 끼고 철저히 준비하고 만져야 한다고 한다. 그래도 일이 끝나고 나면 잔가시가 여기저기 박혀 고생한다고 한다. 나도 장갑 끼고 선인장을 만졌다 벗어 놓은 걸 랑이 만졌다가 가시에 박혀 한 소리 들었다. 참 안타까운 일이었다.

좋은 것은 분명한데 마음대로 잡을 수 없으니 그래도 어쩌랴. 좋은 것은 먹어줘야 하겠기에 고무장갑을 끼고 가시를 최대한 제거하여 한 바가지 솥에 넣고 닭과 함께 삶았다. 가마솥에 넣어 푹 고면 닭 냄새도 깔끔하게 잡아주고 고소한 삼계탕이 된다. 국물에 찹쌀을 넣고 죽을 끓이면 구수하고 건강한 천년초 찹쌀죽이 완성된다. 그 맛이 얼마나 맛있게요. 한여름 더위를 물리치는 여름 보양식이 된다. 더운 날 불을 지피고 가마솥 앞에 있으면 눈물도 나고 번거롭다. 하지만 장작불의 뜨거운 열기도 한 줄기 지나가는 바람에 시원함을 느낄 수 있어서 좋다. 가마솥과 모락모락 피어나는 연기, 천천히 익어가는 가마솥을 보고 있으면 왠지 마음 따뜻해지며 힐링하는 느낌이 난다. 전원생활은 느림의 미학이라고 했던가? 불을 피우고 음식이 완성될 때까지 시간이 걸리지만 지켜보는 시간이 나에겐 즐거움으로 온다. 상추씨를 뿌리고 싹이 트고 상춧잎을 만나기까지 오랜 시간이 걸린다. 토마토 모종이 자라 꽃이 피고 토마토가 달려 익어가는 내내 기다리는 즐거움이 있다.

비록 잔가시에 우리의 재배 농사 품목이 날아갔지만, 천년초를 만난 건 우리 건강에 있어서 행운이다. 미키마우스 같은 귀여운 모습에 노랗게 피는 꽃과 열매와 뿌리까지 하나 버릴 게 없는 귀한 존재이다. 지금은 우리 밭에서 가장 멀리 떨어진 곳에 자리하고 있지만 넌 우리에게 소중한 천년초라는 걸 알았으면 한다.

# 너도 우리 밭에서 꽃으로 살렴

텃밭을 밀어내고 꽃밭을 만들기로 마음먹었다.

한여름 태양과 싸우며 채소를 기르는 일은 여간 어려운 일이 아니었다. 채소보다 먼저 자라는 풀들과 싸우기도 지쳤다. 풀도 식물인데 같이 키우기도 해 보았지만, 풀들이 비료를 마구 흡입하여 나무처럼 자라면 채소는 여리게 잘 크지 못했다. 한 주만 가지 않거나 비가 오지 않아도 풀들은 어찌나 잘 크는지 놀랍기만 했다. 풀을 잡아 뽑다가 손가락 마디가 욱신거려 더 이상 뽑을 수 없었다.

그래! 꽃밭을 가꾸자. 꽃들을 기워 꽃구경하며 살면 기분도 좋아지고 보기도 좋고 얼마나 예쁘겠는가! 더운 날 고생하지 말고 나만의 정원을 만들어 보자며 흙을 갈아엎어 풀들을 골라냈다. 거름도 하고 물도 주어 포슬포슬한 밭을 만들었다.

작년에, 여기저기에서 받아 놓았던 씨앗과 양귀비, 할미꽃, 라벤더, 달리아 등 씨앗을 구매하여 준비했다. 장미 몇 그루를 사서 놓고 구역을 정했다. 장미 심을 곳과 국화 구역, 한가운데에는 여러 가지 씨앗들을 뿌렸다. 물도 주고 씨앗이 발아하기를 손꼽아 기다렸다. 역시나 풀들은 빨랐다. 여기저기 푸릇푸릇 흙을 부풀리며 기운차게 솟아 나왔다. 속속 보이는 대로 뽑아내도 하루하루 올라오는 풀들을 감당하기 어려웠다. 어째 채소를 키울 때랑 별다름 없이 풀들을 뽑아야 하는 일이 보통 성가신 일이 아니었다. 새싹인지 풀인지 모른다며 조금 자라면 풀을 뽑으라는 랑말에 일주일을 더 기다렸다. 뭔가 소복이 잎을 내밀며 나오기 시작했다. 어린잎으로 무슨 새싹이 나왔는지는 모르겠지만 더 이상 풀이 아닌 꽃들이 나온다는 기대감에 마음이 설레었다. 유난히 무리 지어 나오는 새싹들이 있었다. 저건 뭘까? 이리저리 둘러봐도 알 수가 없었다. 좀 더 크기를 기다려 보기로 했다.

며칠 뒤 랑이 유심히 살펴보더니


"저거 아무래도 쑥갓 같은데, 와서 자세히 봐!"

랑은 확신에 찬 표정을 지었다.

"설마 꽃씨를 뿌렸는데 어떻게 쑥갓이 나올 수 있어?"
나도 자세히 들여다보니 분명 쑥갓의 잎 모양을 하고 있었다.

'이게 어떻게 된 일이지!' 하고 생각해 보니 작년 농사짓다가 쑥갓의 꽃을 보며 감탄했던 일이 생각났다. 쑥갓의 잎을 따 먹고 놔둔 줄기에서 꽃대가 올라와 꽃들을 피워냈다, 노란 잎을 피워내는 것이 국화꽃처럼 소담하면서 무리지어 올라온 꽃들이 예뻤다. 메추리알로 프라이를 해 놓은 것처럼 흰 꽃잎들이 노른자를 받치고 하늘거렸다. 랑은 꽃이 피어 더 이상 못 먹는다며 뽑아 버리고 다른 걸 심자고 했다. 난 채소에서도 이렇게 예쁘게 꽃이 피는 것을 보고 뽑아 버릴 수 없었다. 치커리도 잎을 따 먹고 놔두니 줄기 층층이 보라색 꽃들을 매달아 보기 좋았다. 그렇게 열무도 꽃을 피우게 놔두고 갓도 뽑아먹다가 놔두면 제각각 꽃들을 피워냈다. 랑은 꽃 핀 채소들을 뽑아내고 다른 것을 심지 못하게 한다고 잔소리했다. 밭을 밭처럼 못 사용한다고 다투기도 하면서 고집스럽게 채소꽃들을 보다가 씨앗까지 받아 놓았었다. 쑥갓꽃이 시들어 씨를 받아놓은 것을 꽃씨로 알고 꽃밭에 다른 꽃씨와 함께 뿌리게 된 것이었다.

　나는 멋쩍게 웃으며
　"애도 꽃으로 보면 채소가 아니고 꽃인데 그냥 함께 키우지, 뭐!"
　하고 웃자, 랑도 할 말이 없는지 따라 웃는다.

　쑥갓은 잎을 따지 않으니 다른 꽃들보다 꽃대가 일찍 나와 꽃을 피우고 노랗게 웃고 있다. 너는 채소로 태어나 채소로만 살아라. 너는 꽃으로 태어나 꽃으로 살아라. 너는 풀로 태어났으니, 풀로 살아라. 요즘은 징글징글한 풀들도 몸에 좋은 약초로 버젓이 시장에서 몸값을 한다. 밭에서 보이는 대로 뽑아 버리던 쇠비름, 어릴 적 소꿉놀이 재료로 놀다 버렸는데 지금은 효능도 좋아 건강식으로 찾아 먹는 재료가 되었다. 쑥갓! 그래 너도 잎을 먹지 않았으면 꽃으로 불리었을 텐데. 사람에게 꽃보다 채소로 다가와 특유의 향과 맛으로 쌈으로도 나물로도 해물탕에 빠질 수 없는 존재로 살아왔었지? 이제 너도 아름다움을 뽐내봐, 그리고 고마운 마음을 전한다. 이제 우리 정원에서는 너도 꽃으로 살아보렴.

# 가마솥 밥과 항아리 바비큐

전원생활의 꽃은 가마솥 밥을 먹는 거라고 해도 과언은
아닌 것 같다.

장작을 패고 가마솥을 걸어 감자를 넣고 밥을 해 먹는
것이 얼마나 기대가 됐는지. 화덕 놓을 곳을 찾다 정자 옆
에 자리를 잡았다. 아이들과 함께 벽돌을 옮겨 바닥에 문
양을 만들고 랑은 나무 의자를 만들어 놓았다. 드럼통 1/3
을 잘라 와서 화덕 가운데 놓고 통 밖으로 벽돌을 둘러서
쌓아 나름 운치를 더했다.

저녁이 되면 가마솥을 내려놓고 장작을 쌓아 모닥불을
폈다. 쇠꼬챙이에 마시멜로를 끼워 구워 먹는 맛은 달콤하
고 부드러워 간식으로 최고다. 농사지은 고구마도 구워 먹
으며 불멍을 하는 저녁은 하늘의 별들과 함께 좋은 밤이

되어간다.

화덕보다 먼저 심었던 매실나무와 산벚꽃 나무가 그새 키를 키워 모닥불이 불꽃을 일으키면 매실나무 가지의 잎들이 춤추며 질겁한다. 나무는 생각보다 키가 잘 큰다. 나무 사이 거리를 잘못 계산해서 심으면 어느새 가지끼리 다투느라 정신없다. 매실나무 가지도 불 가까이 나풀거리는 것을 전정해 주었다. 아침이면 화덕 불에 그을린 매실 잎들이 초콜릿 색을 하고 있었기 때문이다. 어느 나무 박사님이 그러셨다. 가지를 치고 잎을 솎아내는 것을 아깝고 미안해하기보다 예쁘게 이발해 준다 생각하라고.

전원생활에 있어서 장작불과 가마솥은 우리에게 기쁨과 즐거움을 주었다. 랑은 고향 평택 전원생활 하는 친구네 갔다 오더니 세상에서 제일 맛있는 바비큐를 해준다며 두 팔을 걷어붙였다. 장독대에 거꾸로 세워 놓은 제법 큰 항아리를 선택해서 밑동을 잘라냈다. 말릴 틈도 안 주고 벌어진 일이었다. 앉은뱅이 화덕에 올려놓으니 맞춘 것처럼 자리를 잡았다, 항아리 입구에도 철사를 걸어놓을 홈을 파내어 준비 완료.

"멀쩡한 항아리 밑동을 잘라 망가트렸네, 아까워라!"

난 항아리를 보고 심통이 났다.

"기다려 봐 이제껏 먹어보지 못한 바비큐를 먹게 될 테
니!"
랑은 의기양양하게 자신감을 보였다.

삼겹살을 통째로 사 와서 두툼하게 잘라 버터와 마늘 겨
자 소금을 섞어 삼겹살에 골고루 발라 쇠꼬챙이에 끼웠다.
미리 항아리 아래 화덕에 숯을 넣어 불을 피운 뒤 항아리
입구 홈에 고기 꽂은 쇠꼬챙이를 걸어놓으면 되었다. 항아
리 안은 숯불에 훈제하기 좋게 데워졌고 화덕에서 타는 숯
향이 좋았다, 그냥 봐도 맛이 없을 수 없는 비주얼이다. 3
시간 넘게 기다렸다 앞뒤 바꾸어 주며 숯 향을 먹은 삼겹
살은 갈색 태닝을 마치고 윤기 자르르 흐르는 빛깔을 뽐냈
다. 도마에 올려 얇게 썰어 접시에 담고 시식했다. 내 눈은
둥그레졌다.

"이게 무슨 맛이야 겉 바 속 촉 기가 막힌 맛이네!"
난 씹으랴 말하랴 바빠졌다.

"뭐랬어! 맛있지? 항아리 아깝지 않지?"

랑은 좀 더 자랑스럽게 어깨를 으쓱해 보였다.


닭도 같은 양념을 발라 항아리 바비큐를 하면 그 맛이 바삭바삭하고 촉촉하게 즐길 수 있다.

그 후로도 친정엄마께도 항아리 바비큐 맛을 보여드렸다. 엄마도 정말 맛있다며 식사를 잘하셨다. 여러 가족이 항아리 바비큐 맛에 푹 빠졌다. 아랫집 식구를 초대해 우리 항아리 바비큐 맛을 보여 주었다. 닭 바비큐를 먹고는 아랫집 두 녀석 다 엄지척하며 정말 맛있다며 접시를 비워 냈다. 명실공히 아이들부터 어른까지 맛을 인정한 항아리 바비큐이다. 마당이 있는 집이 아니면 맛볼 수 없는 요리이다. 준비 과정과 숯 향에 그을리는 오랜 시간이 필요하지만, 이런 여유 있는 시간을 기다리는 것조차 즐기는 일이 되었다. 바쁜 것 없는 눈으로 먹고 코로 먹고 입으로 먹는 등 오감의 식사 시간이 되어서 즐겁다.

몸도 빠르게 반응하지 않고 굼뜬 요즘 천천히 살아가는 전원생활 리듬이 조금 편하게 느껴진다. 빨리빨리 살아가면 어느새 마지막에 다가가지 않을까? 요즘 한 달이 하루 같이 지나간다. 할 일을 앞에 두고 있어선지 더욱 빠르게 느껴지는 시간이다. 얼른 어른이 되고 싶었던 적이 있었다. 어느새 그 되고 싶은 어른을 훌쩍 넘어섰다. 춘천의 시간과 화천 용호리의 시간은 다르게 흐른다. 아니 다르게 느껴진다. 조금 천천히 시간을 아껴가고 싶으면 용호리에 가는 이유다. 용호리 시계는 바쁘지 않다. 시계도 천천히 간다.

# 99번의 실패

연중행사, 겨울 대비 월동 준비를 하려면 김장을 빼놓을 수가 없다.

지금은 사계절 어느 때나 배추를 살 수 있고 포기김치도 주문하면 택배로 바로 온다. 김장이 필요치 않은 시대가 왔다. 그래도 늘 김장 해 먹는 경험으로 양을 줄여서라도 해마다 담가 먹었다. 한 해는 무와 배추, 쪽파를 심어 김장하자고 했다. 쪽파도 어느 해는 한 단에 2만 원으로 올라 대파만 넣고 했기에 쪽파도 심자고 했다.

밭고랑을 고르고 배추 모종을 사다가 심었다. 얼마 후 무씨를 뿌려주고 쪽파는 파란 잎이 사그라지고 흰 뿌리 부분만 남은 걸 심었다. 고추도 심고, 따서 말리며 고춧가루를 기대했다. 심어 놓고 3개월이면 무 배추의 완성된 모양을 얻을 수 있다. 배추 모종은 뿌리 부분만 살짝 흙에 심어야 한다. 너무 깊이 심으면 잘 자라지 않는다고 한다. 농사는 시기와 물 햇빛이 중요하다. 때맞춰 비료도 주고 영양제를 챙겨주어야 한다.

배추는 모종으로 파니 그 시기에 맞춰 사다 심으면 된다. 무씨를 좀 늦게 뿌렸나 보다. 남의 밭에 심은 것은 잎이 벌써 무성하게 올라왔는데 우리 것은 어린 열무 정도의 잎만 나왔다. 배추는 벌레가 와서 잎을 야금야금 먹고 있었다. 나무젓가락으로 배추벌레를 잡아냈다. 놔두면 잎이 모기장이 될 수도 있기 때문이다. 약을 최대한 적게 주고 키우려다 보니 벌레와의 전쟁이었다.

물도 때맞춰 주고 비료도 주고 벌레도 잡으면서 2개월이 지났다. 배추는 너풀너풀 잘 크고 있는데 무가 아무래도 알이 작다. 11월 초 김장 날을 잡았다. 배추는 알맞게 컸다. 너무 큰 배추를 담그면 배춧속 넣기도 힘들고 잘라 먹기도 쉽지 않다. 그런데 무가 아무래도 찬바람 난 이후에 자라기를 멈춘 것 같다. 좀 더 키우려고 두었다가 이른 아침 찬 서리를 맞으면 무는 한순간에 얼어버려 쓸 수 없게 된다.

무를 빼보니 큰 것은 어른 손바닥만 하고 대부분이 그보다 작았다. 중간 크기 무를 골라 동치미를 담았다. 작아서 그런지 무가 단단하고 아삭아삭한 게 맛이 좋다. 아주 작은 것은 쪼개어 총각무처럼 김치를 버무렸다. 와 이게 대박이네. 총각무보다 더 아삭하고 달큼한 게 식감이 좋았다. 생각보다 맛이 훨씬 좋았다. 큰 무는 채를 썰어서 채소들과 섞어 김장 속을 만들었다. 밭에서 채소를 길러 김장하니 젓갈이랑 새우, 마늘 양념만 조금 사 와서 김장이 해결됐다.

우린 인생을 살다 보면 의도와는 다른 결과물과 마주칠 때가 있다. 그 결과가 아니라고 우린 낙담하거나 모든 걸 포기할 때가 있다. 과연 그것이 정답일까? 과학에서도 연구 목표를 두고 가다가 다른 결과물로 성공하는 경우가 있다, 우리 시도대로 안 되거나 결과를 얻지 못하면 실패라고 낙인이 찍힌다. 99번 실패하고 1번 성공한다면 99번의 성공하지 못하는 방법을 알아낸 것이라는 말이 있다. 99번의 실패의 경험이 있었기에 성공할 수 있다고 본다. 실패하고 포기하지 않는다면 그것은 실패가 아니다.
김장 무처럼 크게 자라지 않았다고 김장을 포기하고 버렸다면 알맞은 크기의 동치미 무나 총각김치를 더 아삭하고 달콤한 맛을 어찌 알아낼 수 있었겠나! 완벽하고 최고도 좋지만, 때론 2등급 3등급도 훌륭하게 쓰임 받을 수 있다는 걸 안다. 시기를 놓친 농사나 1등을 놓친 2등이나 다 소중한 존재다. 긴장과 억압 속에 1등을 지키기를 위한 스트레스보다 좀 여유 있게, 어설퍼도 즐겁게 사는 인생을 살고 싶다. 물론 1등으로 사는 것도 훌륭하지만, 하나가 되기는 어렵다.

김장은 그 여느 겨울보다 꿀맛이었다. 항아리에 담근 동치미는 난로에서 구워낸 고구마와도 찰떡궁합이었다. 땅을 파고 항아리를 묻어 겨우내 시원한 동치미를 먹었다. 추운 날에도 국수를 삶아 동치미 국물에 말아 먹으면 그 맛이 시원하고 좋았다. 난로에서 구워낸 군고구마는 꿀이 뚝뚝 떨어졌다. 고구마는 은근한 불에 오래 구우면 수분이 증발하면서 달콤함이 배가 된다.
올해는 유난히 랑도 고구마를 식사 대용으로 구워 먹었다. 김치는 늘 함께였다. 매일 고구마 하나씩 먹으면 잔병이 사라지고 건강을 지킨다고 한다. 아이들도 김치가 맛있다고 열심히 먹었다. 김칫소를 털어내어 다져서 김치만두도 만들어 먹었다. 만든 만두는 찌기가 무섭게 먹어버렸다.

김치가 맛있어서 그런지 돼지고기 넣고 김치찌개를 끓여도 맛이 좋았다. 김치전은 겨울 간식으로 빠질 수 없는 아이템이다. 김치가 맛있으면 무엇을 만들어도 그 맛은 보나, 마나이다. 여러모로 김장 김치로 반찬이 해결된 한 해였다. 해마다 무와 배추는 꼭 심어서 먹어요, 우리!

# 파로호는 우리 호수

파로호는 화천군과 양구군에 걸쳐있는 호수로 화천댐의 축조로 인해 형성된 인공호수이다. 처음에 우리말이 아닌 것 같은데 왜 호수 이름을 파로호라고 했을까 의아했다. 저수량 약 10억 t인 호수로 당시에는 발전용 댐이었지만 지금은 다목적댐으로 사용하고 있다. 호수 면적이 38.9km 가 되다 보니 한 줄기가 우리 집 용호리 앞에까지 뻗어있어서 바라볼 수 있다. 다른 이름으로는 호수 모양이 전설 속에 나오는 새, 대붕과 닮아 있어서 대붕호라고 한다. 파로호라는 이름은 중국 오랑캐를 깨뜨린 곳이라는 뜻이다. 한국전쟁 때 중국군을 물리치며 전승을 기념하여 대통령이 파로호라고 개명했다고 한다. 전사에 빛나는 승리였지만 무참한 전쟁의 희생이 잠들어 있는 곳이기도 하다. 지금은 고요히 흐르며 아무런 말이 없다.

아침에 해가 떠오르기 전, 안개에 싸인 호수는 꿈결같이 잦아든다. 산굽이마다 안개가 휘감아 돌아 환상에 젖어 들 때가 많다. 우리 집 앞마당 정자에 앉아 호수를 바라보며 안개멍하고 있으면 모든 시름이 사라지고 마음이 평온해진다. 아침에 안개가 많이 내려와 앉으면 사진기를 들고 사진 찍기 바쁘다. 아뿔싸! 그러나 그 모습을 사진에 담기에는 역부족이다. 아무리 찍어도 자연의 경이로움을 사진기에 담을 수 없다. 안타까움에 하염없이 바라보고 있으면 태양이 떠오르고 안개는 뒤꼍으로 물러가듯 사라지고 만다.

여름에는 낚시꾼들이 모여들어 호수낚시를 즐긴다. 랑도 젊었을 때는 낚시를 하러 다니며 잉어나 붕어를 잡아와 푹 고아 먹고, 매운탕을 끓여 남은 국물에 라면을 끓여 먹었었다. 이제는 낚시터가 집 앞에 무한 펼쳐져 있어도 낚시를 하지 않는다. 친구들이 오면 밤새워 이야기하며 밤낚시 하는 정도다. 원주 문막도 마다하지 않고 다니던 사람이었는데 신기한 일 중 하나다.

저녁에는 하늘의 달과 파로호에 달을 달아 달빛에 취하

기도 한다. 주위가 어두워지고 달이 떠오르면 호수에 비치는 달빛이 신비롭다. 달 따라 강물로 들어간 이유를 알 것도 같은 분위기가 만들어진다.

처음에는 주위에 불빛도 없고 어두워지면 무서움을 느꼈는데 그 어둠을 즐기기로 했다. 고요해진 공기를 호흡하며 주위를 살핀다. 마당은 봄이가 지켜주고 있고 낮에 눈에 익은 모습들을 생각하면 된다. 무엇보다 밤하늘의 별들이 모여드는 시간이 있어서 좋다. 유난히 반짝거리는 별들을 보고 있으면 밤을 좋아하게 된다.

호수이다 보니 겨울에는 가장자리부터 얼기 시작하여 호수 전체가 얼음으로 뒤덮인다. 겨울에 내려가 얼음을 깨고 빙어낚시를 할 수 있다. 화천 산천어 축제가 있지만 용호리에서 느끼는 빙어낚시도 재미가 쏠쏠하다. 빙어 낚싯줄을 얼음 구멍 속에 담가 놓으면 연신 빙어가 툭툭 치며 지나가는 걸 느낀다. 조금 기다렸다가 낚싯대를 채면, 운이 좋으면 3~4마리가 달려 올 때도 있다. 랑의 낚싯대가 묵묵부답 조용하다. 혼자 신나게 빙어를 끌어 올렸다. 랑의 낚싯대도 반응을 보인다. 서로 오~예를 외치며 한동안 신이 나서 빙어 잡기에 열을 올린다. 빙어가 작은 물고기라 연신 올려도 양은 얼마 되지 않는다.

빙어는 몸체로 먹어도 이물 거리지 않아서 좋다. 빙어 전체를 부침가루에 묻혀 바로 튀기면 고소하고 맛도 좋다. 추위에 컵라면을 끓여 먹고 커피믹스 한잔 마시면 추위도 물러간다. 그러고 나서 얼음 썰매를 탄다. 전날 눈이 내리면 썰매 타기에 더욱 재미있다. 우리 집 애완견 봄이를 데리고 가면 신이 나서 뛰어다닌다. 한참을 뛰어놀다 짐을 챙겨 집으로 올라간다. 아궁이에 불을 지펴 놓고 내려갔다 오면 온돌방 아랫목이 따끈따끈하게 데워진다. 차가워진 몸을 아랫목에 누이면 온몸으로 퍼지는 따스함이 나를 기분 좋게 만들어 준다.

사람들은 물을 좋아하나 보다. 사람들이 처음 우리 집에 놀러 오면 호수를 바라보며 다들 감탄한다. 내려다볼 뿐인데도 그저 경치가 너무 좋다고 한다. 집 뒤에는 낮은 산이 있고 그 뒤로도 산이 둘러싸여 있고 호수 뒤로도 산으로 둘러있으니 참, 경치 하나는 끝내준다.

사람들이 여기 오면 글이 저절로 써지겠네요! 한다. 그건 모르는 말씀이다. 가만히 앉아 글을 쓸 시간이 없다고 해도 과언이 아니다. 풀 뽑고 나무 다듬고 채소 키우고 정원 가꾸다 보면 하루해가 지나갈 때가 많다. 그러니 작정하고 앉아 있지 않으면 오히려 글 쓸 시간이 많지 않다. 영감을 받고 생각을 모아 춘천집으로 가 책상 앞에 앉아 쓸 때가 더 많다. 화천의 자연은 글로 표현하고 사진으로 남기기보다 보고 마음껏 느끼는 공간인 것 같다. 산의 변화를 호수의 아름다움을 모든 생물이 소생하는 현장을 보고 느끼고 마음에 담는 것이다. 밤하늘에 별을 눈과 온몸으로 느끼며 충분해지면 반드시 쓰고 싶은 마음이 생긴다. 내가 자연이 될 순 없지만 보고 또 보면 닮고 싶은 곳까지 이른다. 그럴 때 비로소 쓸 수 있는 것 같다.

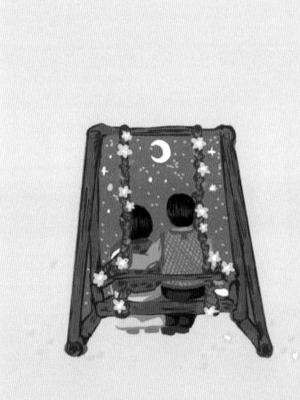

# 자유시간을 얻었다

회사 일을 접고 마무리하는 시간이 1년 걸려 정리가 되었다. 법인을 정리하려다 보니 세금까지 기다려 정산하는데 시간이 오래 걸렸다. 랑은 마음이 헛헛한지 애써 바쁜 척하면서

"나 이래도 괜찮은 거야?"
쉬고 있는 자기 모습을 낯설어하면서 물었다.

"독서 한 번 해봐요!"
나는 툭 한마디 던졌다.

"그래! 그거 좋겠다!"

랑은 눈을 반짝이며 무슨 책을 보면 좋을지 권해 달라는 눈짓이다.

"고전 어때요?"

도스토옙스키의 죄와 벌을 독서 모임에서 읽고 토론했던 기억이 났다. 책꽂이에서 죄와 벌을 꺼내 건네주었다. 랑은 선뜻 읽어보자고 시작하더니 '백치'와 나오는 인물들이 많아 읽기 어렵다는 '카라마조프 가의 형제들'까지 쉬지 않고 읽어 치웠다. 악령까지 읽고 도스토옙스키를 졸업한 다고 한다. 책도 얼마나 꼼꼼하게 읽는지 이해되지 않으면 후진하여 몇 번씩 읽고 소가 되새김질하듯 읽는 것을 보고 놀랐다. 음, 독서를 제대로 하네! 나도 읽다가 어려운 부분이 나오면 패스하는데 이해하고 넘어가는 랑의 독서법에 부끄럼이 왔다. 요즘은 책을 읽으면 앞의 내용이 기억이 안 나 다시 앞으로 되돌아가길 여러 번 한다. 눈은 읽고 머리는 다른 생각을 할 때도 있다.

랑은 젊었을 때, 삼국지와 손자병법을 몇 차례 읽은 후로는 독서는 없었다. 난 책을 읽고 토론하고 수필을 쓰지만, 랑의 독서는 참으로 대단했다. 노안의 눈으로 고전을 읽어내기란 쉽지 않은데 기어코 의자에 오래 앉아 읽기를 해냈다. 요즘, 랑의 일상생활이 변화무쌍하다. 톨스토이의 교육을 받아들이고 설거지가 취미가 되었다. 틱낫한의 설법도 공감하는 듯하다.

병렬독서법을 말해주었다. 각기 다른 장르의 책을 여러 권 선정하여 책상에 올려놓고 돌아가며 읽는 독서법이다. 여러 분야의 책을 읽다 보면 주제가 다르고 장르가 다르다 보니 지루하지 않게 책을 읽을 수 있는 장점이 있다.

랑은 아침 일찍 일어나 출근하고 퇴근하면 곯아떨어져 잠자기 바빠서 책을 읽을 시간이 없었다. 이렇게 책을 좋아하는 사람인지 몰랐다. 공부에 대한 갈증이 늘 있었는데 이렇게 독서로 그 갈증을 해소하는 것 같아 보기 좋다. 일할 때도 그러더니 독서 목표를 정했다. "고전 1,000권 읽기" 도서관은 열려 있고 쾌적한 환경이다. 지역마다 어디든 도서관이 있으니 우린 어디를 가도 누릴 수 있다. 랑은 꼭 해 낼 것 같다.

우리의 노후는 우리의 설계로 살아보자고 했다. 이른 은퇴로 이래도 되나 하며 흔들리는 모습도 보였다. 100세 시대 더 일하고 싶어 하는데 손 놓고 놀자니 정신적으로 혼란스러웠나 보다. 노동에도 질량 보존의 법칙이 있는 거라고 하면, 누구보다도 열심히 일한 당신, 일찍 은퇴하고 인생을 즐겨라! 젊은 내가 열심히 일한 대가로 앞으로의 시간을 선물로 받았다고 생각하자. 경제적으로 풍족한 것은 아니다. 우리의 용기가 필요했고 실천에 옮겼기 때문에 얻을 수 있었다.

우리는 습관대로 살려고 한다. 세상은 일하며 살아야 한다는 강박이 있다. 한번 사는 인생, 우리는 하고 싶은 것을 하며 살면 안 되는가? 다른 사람의 눈치에서 벗어나 나만의 인생을 그리며 사는 삶을 살고 싶은 것이다.

이른 은퇴로 우리는 미래의 시간을 얻었다. 시간 부자가 되어 좀 어리둥절하기도 하다. 시간은 돈 주고도 못 산다고 했다. 값지게 얻은 시간을 잘 활용하는 것도 우리의 몫이다.

독서하며 사색하는 랑이 멋있고, 소향 콘서트를 보면서 감격해 눈물을 보이는 그의 감정이 사랑스럽고 행복해 보였다. 그를 지켜보는 나도 요즘 행복하다. 시간의 자유로움과 서로 이해하고 존중받는 느낌! 인생이 깊어지고 풍족해지며 입가에 미소가 자꾸 번진다. 시간이 뒤에서 쫓아오는 강박을 벗어버리니 시간의 흐름에 따라 자유로움을 즐기게 된다. 나는 이번 생이 기쁨이고 충만이다. 그리고 건강하길.

# 가슴 뛰는 일이 뭘까

　겨울이 지난 아파트 베란다에 장미 허브랑 다육이 화분들이 난장판이었다.

　치우겠다고 마음먹고 있었는데 아니나 다를까, 랑이 창을 열다가 기겁했다. 랑은 당장 차에 싣고 용호리에 간다고 치우라고 한다. 고르고 골라 아니, 거의 다 베란다에서 퇴출당했다. 게으름에 호되게 한 방 먹었다. 봄에 다시 화분 갈이를 해주고 정리하면 가을까지 예쁘게 잘 자라는데 저리 치우라 성화하니 어쩔 수 없다.

　차에 실어놓고 베란다 청소를 하기 시작했다. 화분마다 떨어진 낙엽과 먼지가 뒤엉켜서 난리였다. 추운 겨울 문 닫아 놓고 살았으니, 관리를 못 한 결과이다. 그런데도 죽지 않고 겨울을 이겨낸 식물들이 대견했다. 낙엽을 걷어내고 물로 청소해 주니 깔끔해졌고 몇 개 안 되는 화분으로도 아주 예뻤다. 장미 허브 가지가 목질화가 되고 계속 자라 장미 허브 밀림 같았었다.

차에 실은 장미 허브는 용호리로 갔다. 겹겹이 싣고 차로 덜컹대며 왔으니 많은 가지가 부러지고 망가졌다. 도착해 마구 내려주는 랑이 야속했지만 이미 벌어진 일이다. 화단에 여기저기 부러진 걸 심고 화분에도 심어 아쉬운 대로 정리했다.

가만히 생각해 보니 난 화초는 좋아하지만, 잘 가꾸는 방법을 모르는 것 같다. 크면 크는 대로 웃자라면 그대로 내버려 두고, 간신히 꽃 한 송이 올라와도 좋다고 두고 보는 통에 웃기는 화분이 되는 게 많았다. 가지치기도 하고 꺾꽂이도 하여 정리하며 키워야 하는데 크는 대로 놔두니 얼마 안 가 모양이 변하여 보기가 안 좋게 된다.

아파트에 사는 지인이 말한다. 가장 보기 좋게 감상하려면 해마다 새 화분을 장만하는 것이라고, 부담스럽지만 적당히 누리라고 한다. 그 말이 맞는 말이다. 화원에서 바로 나온 화분은 최상의 상태를 갖추고 있으니 말이다.


춘천에서 글 쓰느라 오랜만에 용호리에 갔다. 정원에 내

버려 둔 장미 허브랑 다육식물이 이제야 궁금했다. 꺾꽂이 하고 물을 줘야 하는데 거의 방치 수준이었으니 죽었을 거란 생각이 들었다. 차에서 내려 정원으로 먼저 갔다. 우와! 난 놀라고 말았다. 글쎄, 장미 허브 삽목한 것, 그대로 땅에 심은 것, 화분에 심은 것이 일제히 싹을 올리고 화분 가득 그 올망졸망한 얼굴로 보기 좋게 있는 게 아닌가. 이게 웬일이야! 아파트에서는 목이 길게 늘어나 볼품없었는데 야무지게 만들어 최상의 장미 허브 모습을 하고 있었다. 너무나 기특했다.

방목해 놓은 송아지가 소가 되어 돌아온 느낌이었다. 랑이 혼자 용호리에 들어가면 살펴보고 물도 주었다고 한다. 그럼 그렇지 그래도 이건, 내가 물주고 키울 때보다도 몇 배로 예쁘게 자라있어서 놀랐다. 자연에서 크는 것과 아파트 베란다에서 키우는 데는 큰 차이가 있었다. 다글 다글 하고 봉긋하게 피어있는 장미 허브, 그래 이게 너의 본모습이지! 그날 버리다시피 꽂아 놓은 허브들이 몇 배로 번식해서 나를 즐겁게 해주었다.

우리 인생도 어찌 보면 내가 생각하는 대로 가지 않을 때가 많다. 뜻대로 하소서 하고 내려놓을 때 오히려 잘 해결되는 경우가 있음을 경험한다. 내 삶도 아이들의 양육도 우리들의 성화나 욕심으로 이끌어갈 때가 많았다. 우린, 당연히 너희들 앞날을 위해 생각해서 하는 말이라고 하지만, 아이들 처지에서는 다른 의견이 있을 수 있다. 지나고 보니 이제야 아이들의 의견을 존중해 주는 게 맞는 일이라고 생각이 든다. 왜 항상 일은 지나고 나야 알 수 있는지 모르겠지만, 자연에서 배우는 게 많다. 자연과 더불어 살아가야 하는 이유가 항상 배우고 깨우치라고 하는 것 같다.

　주위를 둘러보니 두세 달 가꾸지 않은 정원은 각종 씨가 떨어져 서로 얽히고설켜 다양한 꽃들이 피어 다투고 있었다. 작년에 심었던 봉숭아는 미리 뽑아냈는데도 씨가 터져 떨어져 있던 게 피어나 거의 정원 전 면적에 크고 작게 골고루 분포해 피었다. 풀도 뽑고 봉숭아도 뽑아내고 다른 식물이 숨 쉴 공간을 만들어 주었다.
　올해는 두 그루 사과나무에 사과도 열려 봉지를 씌워주었다. 아랫집에서 가져다 심은 머루나무는 3년이 되니 머루가 주렁주렁 달렸다. 벌들이 얼마나 달려드는지, 머루 냄새가 달콤하긴 하다. 대추나무도 가지가 여기저기 뻗어있었고 장미도 꽃을 피우고 정신이 없었다. 랑은 정원이 나의 영역이라고 아예 손도 대지 않는다.

아무렴 어때 모두 꽃인데! 풀만 빼면 다 좋은데, 이대로 가다가 내년에는 이 공간도 랑에게 뺏길 확률이 높다. 퇴출당한 울 집 베란다를 떠올렸다. 보기 좋은 게 좋다고 잘 가꾸기로 했다. 여백이 있는 화단을 만들자, 식물도 서로 숨 쉬고 바람이 통하는 화단이 필요할 것이다.

요즘은 유튜브 샘들이 넘쳐난다. 온갖 고급 정보가 다 올라와 있다. 예전에는 우리만의 비법이라며 철통 비밀을 지켰는데 요즘은 비법을 공유하며 나누는 시대가 되었다. 참 감사한 일이다. 씨앗을 심는 시기와 물주기, 적절한 비료 주기, 수확하기 등 배우려고 마음만 먹으면 못 배울 것이 없는 세상이다.


아이와 용호리에 갔던 날 아침, 가스 불에 밥을 올려놓고 정원으로 나가 꽃을 보고 있었다. 벌써 한낮 더위처럼 뜨거웠다. 식물에 쪼그리고 앉아 구경하며 낙엽을 떼어주고 여기저기 꽃들을 구경하고 있었다. 하은이가 부른다. '엄마 밥 타' 소리에 난 시간 가는 줄 모르고 있었다는 것을 알았다. 난 식물을 보면 가슴이 뛰나 보다. 구경하는 데 더 마음이 가지만 말이다. 유튜브 샘들을 모시고 공부도 하고 식물의 생태를 배우면 될 것 같다. 난 아무래도 식물을 가꾸는 사람이 돼야 하나 보다. 더위도 모르고 시간 가는 줄 모르니 '타사의 정원' 은 못 미치더라도 정화의 정원을 가꾸고 싶다.

# 치매야 피아노 쳐볼까

해 보지 않았던 일을 시도해 보기로 했다.

50대 4명이 모여 한 팀을 만들었다. 세 명은 태어나서 피아노를 처음 배우는 사람, 한 명은 어린 시절 배웠다가 어른이 되어 처음 피아노 앞에 앉은 사람이다.

피아노 원장님도 크게 욕심내지 말고 함께 열 번만 쳐보자고 했다. 우리도 두 손이 건반 위에서 함께 움직일 수 있는지 궁금했다. 우려했던 대로 솔 솔을 치고 서로 맞춰 보는 것도 어려웠다. 박자가 서로 생각하는 시간이 있는지 조금씩 다르게 쳐서 맞지 않았다. 머리로 이해하고 치는 피아노는 진도가 더디기만 했다. 우리는 도레미파 솔을 읽으며 치다 보니 박자가 흐트러진다고 했다.

이러다 지레 질려 그만둘까 싶기도 했지만, 서로 만나 30

분 동안 대화하며 친해지다 보니 10회를 넘기고 또 10회를 세 번 넘겼다. 거의 수다 삼매경에 시간을 보낼 때가 많았지만, 어느새 젊었을 때 부르던 '조개 껍질 묶어'를 치는가 하면 헤어질 때는 '또 만나요'를 악보 없이도 치게 되었다. 우리는 익숙한 곡들을 익혀가며 손 놓지 않고 천천히 가자고 격려하며 나아갔다.

60대에 피아노를 배우면 치매 예방에 도움이 된다는 연구 결과가 나왔다.

독일 하노버의대·스위스 제네바대 공동 연구팀은 악기를 연주한 적이 없는 60~70대 노인 121명을 대상으로 악기 연주가 치매 발병률에 미치는 영향에 대해 비교·분석했다. 연구팀은 참가자들을 ▲매일 40분씩 연습을 하고 매주 1시간씩 피아노 레슨을 받는 그룹 ▲다양한 유형의 음악을 듣는 그룹으로 무작위로 나뉘어 실험을 진행했다. 연구팀은 실험 전과 후에 참가자들의 뇌를 스캔해 이들의 뇌 쇠퇴 속도와 뇌 백질의 밀도를 측정했다. 뇌 백질은 나이가 들어 가면서 자연스럽게 감소하는 뇌의 영역 중 하나로 인지력과 기억력에 중요한 역할을 한다.

연구 결과, 매일 40분씩 연습을 하고 매주 1시간씩 피아노 레슨을 받는 그룹은 뇌의 백질 밀도의 변화가 없었다. 이는 뇌 기능의 저하가 없는 것으로 시사 된다. 피아노 연주가 뇌의 쇠퇴 속도를 늦추는 것이라고 연구팀은 추정한다.

연구팀은 "이 연구는 60대 이후에 악기 연주를 시작하는 것이 치매 예방에 도움이 된다는 사실을 입증했다고 말했다.

이 연구는 국제학술지 '노화 신경과학 프런티어(Frontiers in Aging Neuroscience)' 에 최근 게재됐다. (헬스조선 김서희 기자)

우리 사회는 빠르게 고령화 사회가 되어가고 있다. 그러다 보니 불청객 치매가 부지불식간에 여러 사람한테 들어와 앉았다. 우리 집도 시어머니께서 7년간 치매로 살다 돌아가셨다. 주변 지인들을 둘러보면 어른들이 계시는 집에 한두 분은 치매로 힘든 시간을 보내고 있다. 나이가 들고 치매는 노화로 인해 생기는 병이다. 치료보다는 예방 차원으로 약을 먹으며 진행을 늦춘다고 한다. 체력을 키우려면 운동을 하고 뇌의 건강을 위해서는 뇌에 좋은 건강식품을 먹고 뇌 운동을 하면 좋을 것이다.

피아노 치기가 두 손을 다 사용해서 하는 활동이다 보니 좌뇌 우뇌 운동하기에 좋다고 한다. 더군다나 이렇게 연구 결과도 나와 있으니 악기 하나쯤 나이 60에 배워보는 것도 좋겠다. 색소폰 연주나 바이올린, 기타 치기 등 주위를 살펴보면 쉽게 접할 기회가 많다. 이 나이에 무슨 악기를 배워요, 보다는 어디 나도 한 번 배워볼까? 하는 용기를 내어보는 것은 어떨까?

놀멍놀멍 딴짓도 하다가 피아노 배우기를 2년, 우리들의 작은 음악회가 학원에서 열리기로 했다. 각자 소화할 수 있는 곡을 골라 연습하는데 여전히 악보 없이는 연주가 서툴렀다. 나는 'Butterfly waltz' 4분짜리를 골라 한 달 동안 한 곡만 계속 연습했다. 그리고 녹음해서 들어보니 여기저기 쉬었다 가는 부분이 걸렸다. 박자도 마음대로 치다 보니 맞지 않았다.

3개월 연습하여 드디어 연주회 날이 다가왔다. 무대 앞에 나가 왼손을 피아노 옆에 살짝 올리고 연주자처럼 인사를 올렸다. 거기까지 우리는 멋진 연주자 모습이었다. 우리끼리 연주회임에도 다들 긴장하고 떨면서 제 실력을 발휘하지 못했다. 어딘가 한 부분 이상 틀려가며 아쉬움 속에 우리의 연주회는 끝났다. 원장님은 감격스럽게 손뼉을 쳤다. 어쩌면 다들 못 하겠다고 빼느라, 연주회가 될까? 걱정하면서 만들어진 연주회였기 때문이다. 그 후로 실버 피아노 레슨반이 만들어지고 있다.

나만의 칠 수 있는 곡이 하나 생겨 나름 기뻤다. 다른 곡보다 애착이 가고 피아노 앞에 앉으면 무조건 치고 보는 곡이 생긴 것이 좋았다. 과연 두 손으로 피아노를 칠 수 있을까? 하는 마음으로 시작해서 작은 연주회를 끝내고 보니 하면 된다는 힘을 얻었다. 나이가 들수록 새로운 것을 배우는데 시간이 몇 배가 든다. 그래도 두려워하지 말고 도전해 보자는 자신감이 생긴 것이 무엇보다 귀하다. 내 마음 가는 대로 즉흥곡을 친들 누가 뭐라 하겠는가?

# 키오스크 그까이꺼

햄버거 판매장에 들어가서 기계 앞에 선다. 키오스크.

처음 햄버거 매장 안에서 만났던 기계였다. 컴퓨터도 하는데 키오스크 그까이꺼 하며 다가섰다가 화면 읽고 누르고 또 메뉴 고르고 또다시 선택해야 했다. 각종 화면이 지나가는 것이 낯설었다. 포인트 적립은? 결제는 현금, 카드로 할 것인가. 화면이 쓱 바뀌면서 키오스크에 적응하는 시간이 필요했다. 처음 대하고 주문을 누르고 메뉴를 선택하는 순간순간에 약간의 당황과 두려움이 있었다.

사람 앞에 서서 원하는 햄버거 꼭 찌르며 두 개! 하면 되었던 일들이 기계 앞에 서서 뒷사람 눈치 보며 굼뜨게 누르는 나 자신에게 실망하며 주문하는 게 싫었다.

친구들끼리 만나 키오스크와 첫 만남의 낯섦을 나누며

우린 앞으로 새로운 문명을 받아들여 먼저 배우자고 했다. 아이들이 우리와 다니며 대신해 주지 않는다. 주문할 때마다 뒷사람에게 부탁하지 말자는 것이었다. 처음에 낯설어도 물어서 배우고 알고 하자. 내 일은 내가 하자.

이제는 사람보다 키오스크가 주문받는 곳이 대부분이다. 카페, 아이스크림 가게, 햄버거 가게 등, 파스타 가게는 테이블 위에서 주문하고 결제까지 하면 로봇이 음식을 배달해 준다. 그럼, 기계는 내 손으로 해결해야 한다.

아이들과 제주 여행 갔다가 김포 공항 식당에서 두 노인을 만났었다. 머리카락도 희끗희끗한 두 노인이 키오스크 앞에서 서성이며 손을 대지 못하고 안절부절못하고 있었다. 주변에 도움을 청하지 않아서 그런지 주변에서도 도움을 주지 않았다. 막내가 그분들 곁에 가서 도와 드릴까요? 하니 그제야 웃으며 부탁했었다.

알고 나면 간단히 끝날 일을 난 모르겠어! 하며 배우지 않는다면 점심 한 끼도 편히 먹지 못할 것 같다. 기계 앞에 서면 작아지는 경험이 다 있었던 것 같다.

은행 업무도 인터넷뱅킹으로 암호를 넣어가며 처리해야 한다. 전화 문의도 상담자가 바로 나오지 않고 AI가 응대하고 몇 번의 암호를 누르고 임무를 완성해야 원하는 일

처리를 할 수 있다. 어렵고 할 수 없다는 마음보다는 몇 번이고 배우고 익혀서 일상생활에 지장이 없어야 할 것이다.

새로운 것을 배우는 데 있어서 두려워하지 말자. 배우는데 부끄러워하지 말자. 처음 배우는 것은 반복하여 익히자. 알게 된 것을 서로 나누자. 지금은 다섯 번 배우고 60대는 여섯 번, 70대는 일곱 번 열 번을 배워서 알게 될지도모른다. 배우는 데 주저하지 말고 기쁜 마음으로 배워 사용하자. 벌써 이런 걱정을 하며 살지 않아도 되지만 조만간 한해 한해 가다 보면 닥칠 일이다. 배우며 살아가는 기쁨을 익히며 살아가자.

노인복지회관에 가면 핸드폰 활용법, 사진 찍는 법, 유튜브 사연 올리기 등 악기도 배우고 운동도 배우며 취미 생활을 배우며 익히는 강좌가 많다. 서로 친구도 사귀며 친목과 더불어 배움의 길이 다방면으로 열려 있다. 나이 들수록 TV 앞에 머물지 말고 집 밖으로 나와 배우며 즐기는 방법을 찾아 봐야 할 것이다.


앞으로 신형 키오스크는 더욱 큰 글씨와 선명한 화면을 보여 주는 저시력자 모드와 신장이 작은 어린이나 고객이 편리하게 이용할 수 있도록 주요 메뉴를 화면 아래쪽에 배치한 저자세 모드, 또 촉각 키패드를 활용한 음성 메뉴 안내 모드를 지원하는 키오스크를 매장에 설치할 예정이라고 한다. 더 많은 고객이 어려움 없이 키오스크를 이용할 수 있도록 지속적인 노력이 필요한 때다. 우리의 요구가 받아들여져 편리한 이용이 되도록 모두가 애쓸 필요가 있다.

키오스크 앞에서 좌절할 이유가 없다. 손님이 왕이다! 우리에게 도움이 되는 기계가 되도록 당당히 요구하자. 키오스크 너 그까이꺼.

# 매일 기념일

한 해 중에 가장 바쁜 달이 5월인 것 같다.

추운 듯 더운 듯한 4월이 가면 5월이 시작됨과 동시에 수첩에 일정으로 가득 찬다. 특히나 2017년에는 유독 행사와 기념일로 5월을 메웠다.

가정의 달로 시작하는 5월의 행사를 보니 5월 1일은 '근로자의 날'로 근로자에게 주휴일을 제외한 유일한 유급휴일이자 법정 공휴일이다. 1923년 5월 1일 최초 행사를 하여 1963년 '근로자의 날'로 기념하기 시작했다. 2일은 '오이 데이' 2002년 농촌진흥청에서 오이 농가의 소득을 늘리기 위해 '오이 먹는 날'로 정했다. 3일은 음력 4월 8일로 불기 2561년 석가탄신일이다. 5일은 1923년에 방정환 선생과 일본 유학생 모임인 '색동회'가 주축이 되어

'어린이날'로 정하고 1945년 광복 이후 5월 5일로 정하여 1975년 공휴일로 제정되었다. 8일은 1956년부터 5월 8일을 어머니날로 지정했다가 1973년 '어버이날'로 변경 지정되어 자식들이 카네이션을 달아 드리고 감사의 뜻을 표한다. 9일은 국정 농단으로 전 대통령이 탄핵받고 교도소로 가는 바람에 '19대 대통령 선거일로 임시공휴일이 되었다. 10일은 '유권자의 날'로 2012년 선거의 의미를 되새기고 투표 참여를 독려하기 위해 중앙선거관리위원회에서 제정한 법정 기념일이다. 11일은 '나의 낭군님 생신날' 동갑내기 우리 부부, 남편은 나보다 42일 늦게 태어났다. 그래도 오빠라고 부르면 엄청나게 좋아한다. 12일은 '국제 간호사의 날'로 간호사의 사회 공헌을 기리기 위해 지정된 기념일로 1971년 아일랜드 국제간호사협의회에서 나이팅게일의 탄생일인 12일로 기념일이 지정되었다. 14일은 '로즈 데이' 연인들끼리 사랑의 표현으로 장미꽃을 주고받는 날이란다. 미국에서 꽃가게를 하던 마크 휴즈가 자기 연인에게 가게에 있던 장미를 모두 주어 고백했다는 설이 있는데 5월 장미 판촉을 위한 상술이 아닌가 싶다. 15일은 여러 날이 겹친다. 만 19세가 된 성년들의 '성년의 날'로 사회인으로서의 책무를 일깨워 주며 성인으로서의 자부심을 부여하는 지정된 기념일이다. '스승의 날'은 학부모들의 선물과 촌지로 얼룩져 휴일로 정했다가 모두의 마음을 씁쓸하게 하더니, 작년의 '김영란법'으로 아예 카네이션 선물도 드리지 못하는 일이 벌어졌다. 카네이션 화훼 작물 농가의 한숨이 깊었단다. 17일은 '개발 원조의 날' 한국이 2009년 OECD 개발원조 위원회에 가입한 것을 기념하는 날이란다. 몰랐네! 18일은 '5·18 민주화운동 기념일' 민주주의 실현을 요구하며 전개한 민중항쟁을 국가 차원에서 기념하는 날이다. 19일은 '발명의 날'로 정부가 주관하는 국가기념일이다. 세종 23년(1441년) 장영실의 측우기의 발명을 기려 제정되었다. 20일은 '세계인의 날'로 다양한 민족 문화권의 사람들이 서로 이해하고 공존하는 다문화 문화를 만들자는 취지로 국가기념일로 제정되었다. 21일은 '부부의 날' 창원의 권재도 목사 부부에 의해 시작되어 2007년 법정기념일로 지정되었다. 21일의 둘(2)이 하나(1)가 된다는 의미를 담고 있다. '건강한 부부와 행복한 가정은 밝고 희망찬 사회를 만드는 디딤돌'이라는 표어의 의미가 와닿는다.

25일은 아는 지인의 결혼기념일이다. 우리 부부는 29일이라 올해는 함께 기념하기 위해 25일 제주도로 2박3일

여행하기로 했다. 맛집 찾아가 먹고 마실 텐데, 얼마나 살이 쪄서 올지 벌써 걱정이 앞선다. 25일은 '방재의 날'이기도 하다. 재해 예방에 대한 국민의 의식을 높이기 위한 날로 국가기념일로 제정되었다. 30일은 음력 5월5일 단오절이다. 시기적으로 더운 여름을 맞기 전의 초하의 계절로 창포물에 머리 감고 수리 떡을 먹는 날이다. 31일은 '바다의 날' 통일신라시대 장보고 대사가 청해진을 설치한 날을 기념한 날이다.

이렇게 보니 5월은 대부분이 각종의 기념일들로 가득 차 있는 달이다. 12월 중 5월이 가장 바쁜 달인데 올해는 징검다리 연휴로 1일부터 9일까지 학교도 휴무일로 정하고 긴 연휴로 인해 여유 있는 달이 되었다.

5월은 기념일만큼이나 화려한 달이다. 봄을 알리는 화신으로 흰 꽃, 분홍 꽃, 노란 꽃으로 4월은 온통 예쁨으로 우리를 즐겁게 한다. 예쁨이 절정에 다다르면 잎새들이 시샘으로 터져 나와 온통 초록으로 되어간다. 도도했던 목련 아씨도 한물간 썩은 사과처럼 시래기 빛을 머금은 채 철퍼덕 땅으로 꽂힌다. 더 이상 화려할 수 없는 벚꽃도 봄비에 불어오는 바람결에 흰 나비 되어 일제히 비상을 마칠 때쯤, 꽃들은 빛에 바래지고 4월의 문턱을 넘어간다.

5월이 문을 열어 우리의 시선을 하늘 아래로 이끌어 갈 때쯤, 찬란하게 연둣빛으로 물들인 나무들의 새잎들은 나에게 싱그러움을 선사한다. 복스러운 꽃잔디의 애교 위에 진한 빛깔의 선홍색의 철쭉은 그 빛을 더해간다. 시선 끝에 터져 나오는 에메랄드빛 잎사귀들은 연신 태양과 마주한 채 화려함을 품어낸다. 연두색으로 이렇게 화려할 수 있을까? 이 여리디여린 그 하나의 빛으로 온 산을 물들인 축복으로 5월을 장식하니 가족 사랑이 넘치는 기념일로 채울 수밖에 없는 일이다.

요즘 아이들은 꽤 기념일을 챙긴다. 둘이 만나 시작한 첫날부터 계속 기념일을 만든다. 해가 바뀌고 이제 즐거웠던 기념일을 기억하지 못하는 남자 친구 탓에 싸움이 시작되고 결별의 끝을 맛본다. 머지않아 이 아름다운 5월의 날들은 몽땅 기념일로 채우는 역사의 시간이 올지도 모르겠다. 축제와 행사로 가득한 날들이 오는 것도 즐거운 일이 될 것 같다. 요즘같이 바쁘게 사는 세상. 두 눈 들어 맑은 하늘을 바라볼 새도 없고, 자연이 주는 무료 선물보다는 작은 스마트 폰에 묻혀 사는 사람들이 많다.

지나온 시간을 바라보며 하루하루 기념일을 챙기고 하루하루 의미를 담아 기념하며 사는 것도 큰 낙이 될 것 같다.

나이가 들고 어느덧 은퇴하고 일선에서 물러나 노후를 보내게 될 때, 1년 365일의 날마다의 의미를 찾고 추억을 찾아 기념하며 사는 노년의 모습도 꽤 낭만적일 것이다.

오늘은 내 10대 때 사춘기가 왔던 '질풍노도의 날', 내일은 20대 때 첫사랑이 찾아 왔던 '달콤 쌉싸름한 날', 그 다음날은 30대 때 아이들로 행복한 '다둥이 맘의 날', 또 다음날은 40대 경제 위기의 '하늘 폭삭 주저앉은 날', 그리고 50대 '내 인생 황금기의 날', '사과를 한 바구니 딴 날', '가족이 다 모여 즐거웠던 날', '친구들과 찜질방에서 고구마 먹던 날,' …… 매일 매일 기념하여 나름 축제의 나날을 보내는 삶, 멋진 기념일 제정을 위해 조금은 특별하거나 평범해도 좋은 날을 만들며 살고 싶다.

# 특별한 추석

22년에는 이른 추석을 맞이하게 되었다.

사과는 아직 초록색을 물고 있고 여름의 더위는 물러날 줄 몰랐다. 태풍 '힌남노'는 유례없는 폭우로 포항을 휘감아 흔들어 놓았다. 장마 설거지도 끝내지 못한 채 맞닥뜨렸다. 포항의 한 아파트 지하 주차장에 차를 빼러 갔던 주민 7명의 인명피해 사고로 마음 아프게 했다. 역대 최고의 풍속과 폭우를 기록하며 추석을 기다리던 마음을 부숴버렸다.

추석 직전 성균관 차례상이 뉴스에 발표됐다.

"조상을 기리는 마음은 음식의 가짓수에 있지 않으니 많이 차리려고 애쓰지 않아도 된다, 전은 안 부쳐도 된다." 9가지로 간소한 차례상의 표준안이 만들어졌다. 전국의 전

부치던 많은 손이 해방감으로 '앗싸'를 외쳤을 것 같다.

 코로나 사태 이후 3년 만에 첫 대면 명절을 맞아 우왕좌
왕하는 가정에 해결책을 주었다. 제사는 집안마다 예법이
다르지만, 가정마다 명절이 주는 스트레스는 같았을 것이
다. 코로나를 겪고 태풍을 맞은 물가는 거의 살인적 고점
을 찍었다. 올해를 기점으로 해서 가정마다 추석을 지낸 사
연에도 큰 변화가 있을 것이다.
 우리 집부터 남편이 추석 차례상을 없애기로 선포했다.
추석 열흘 전 산소에 가서 벌초하고 간단히 과일과 술을
올렸다. 랑이 외아들이라 아이들 어렸을 때는 나 혼자 음
식을 준비했다. 아이들이 커가면서 같이 전도 부치고 떡도
만들었다. 어느덧 사회인이 된 큰아이가 우리도 음식을 사
서 차례 지내자고 했었다. 그러자고 했는데 이렇게 빨리 차
례를 없애기로 한 것은 큰 이변이다.

 사회인 두 아이는 명절 휴식을 하라고 했고, 취업 준비
중인 아이는 독서실에서 공부하기로 했다. 막내는 추석 알
바까지 하고 쉰다고 했다. 남편과 나는 추석 전날 여행을
계획했다. 내 고향 인천으로 가기로 했다. 아이들도 잘 받

아들이고 여행 잘 다녀오시라는 응원을 받고 인천으로 향했다. 나의 고향 인천 자유공원으로 출발했다. 춘천에서 2시간 40분가량 걸린다. 반대 차선의 차량은 꼬리를 물고 가다 서기를 반복하며 내려가고 있었다. 우리는 대체로 뻥 뚫린 도로를 시원하게 달렸다. 송월동에서 자유공원을 놀이터 삼아 뛰어놀던 곳으로 남편과 함께 간다니 마음이 설렜다.

　명절엔 늘 시댁 산소에 가고 제사 지내느라 생각도 못 했었다. 추억의 고향으로 '추석 명절 여행'이라니 가슴 떨리는 경험이 될 것이다. 공원에는 사람들이 의외로 많이 있었다. 역시 성균관 차례상 발표의 힘인가? 생각하며 늠름한 맥아더 동상 앞에서 포즈를 취해가며 사진을 찍었다. 내가 살던 송월동은 동화마을로 꾸며져 있었다. 각 집의 담장마다 동화 캐릭터를 그려 놓아 동심으로 돌아간 듯 즐겁게 돌아보았다. 그 옆으로 차이나타운의 북적임이 활기차 보였고 먹거리도 많아 돌아보기 좋았다. 내려다보이는 바다는 주변의 건물들도 많고 화려해 보였다. 예전에는 검은 갯벌과 출렁이는 바다만 있었는데…….
　더 놀라운 곳은 월미도였다. 추석 전날 월미도 공원은

사람들과 가게의 조명들로 불야성을 이루고 있었다. 연신 폭죽은 터지고 버스킹 음악은 귀를 흔들며 사람들의 웃음 소리가 끊이지 않았다. 바다는 바로 발아래 출렁거리고 사람의 발걸음도 출렁거렸다. 노래를 감상하다 가수의 목이 안타까워 아이스 아메리카노 한 잔을 가수에게 전했다. 감사의 인사를 받고 자리에서 일어났는데 그 옆에 있던 마술사 손에서 빨간 공이 자꾸 늘어났다.

남편도 이 분위기가 낯선지
"추석 전 안 부치고 왜 다들 나왔지?"
하며 허허 웃었다.

"우리가 이렇게 나왔는데 남들은 더 신났겠지?"
나도 신기해서 주변을 자꾸 두리번거렸다.

명절에 여행이라니 우린 합리화시키기에 열을 올렸다. 월미도에서 하룻밤을 보내고 다음 날 송도 신도시로 향했다. 공원과 바다와 호수, 디자인이 예쁜 아파트와 잘 어울렸다. 송도 센트럴 파크 호수 주변을 걸으며

"우리 이래도 되는구나! 여유를 만끽해 보자고요."
하며 서로 마주 보고 웃었다.

　우린 관습의 변화를 두려워하며 살았구나, 문화를 거스르면 안 된다고 생각했고 조상을 풍습대로 섬기지 않으면 안 되는 줄 알았다. 조상을 섬기는 마음은 변함이 없다. 다만, 형식을 조금 시대에 발맞춰 바꾸는 과정이다. 가정마다 명절 음식 하느라 갈등을 겪거나 다툼도 일어나는 일이 다반사였다. 명절증후군으로 며느리들은 몸살이 나고 부부싸움을 하고 나야 명절이 끝나기도 했다. 약삭빠르게 우리의 편리한 대로 간소화하고 무시하는 것이 아니라 시대에 맞는 우리의 명절 문화로 변화시키려고 하는 것이다. 이 또한 진화하는 과정이 아닐까? 형식이 우리의 정신을 해치지 않도록 함은 불변이다. 부모를 생각하는 마음이 어찌 변하겠는가? 우리도 즐거이 명절을 보내며 조상을 기리는 행복한 명절이 이어지도록 바란다.

# 랑의 첫 경험

"나 저거 예매해 줘"
랑은 창밖의 현수막을 가리켰다.

"어디, 뭔데?"
나는 난데없이 예매해 달라는 말에 창밖을 보았다.

'정동하 / 소향의 전율 콘서트' 평택

　랑은 음악과 가깝지 않은 박자, 음정 이탈자, 노래방 단
골 메뉴 '영영', '여러분'을 자신의 느낌대로 부르는 사람
이었다. 노래 감상도 모르고 음악 방송을 보는 것도 싫어
하던 사람이 콘서트를 예매해 달라는 것이었다. 요즘 유튜

브를 보며 웃었고, 한 소리 하기도 하며 빠져 지내는 중이었다. 나는 이문세와 소녀가 듀엣으로 부르는 영상을 보다가 랑한테 들려주게 되었다. 그러자 랑은 유튜브 음악 바다를 항해하다가 소향님을 만나게 되었다. 그때부터 소향의 끝 모를 옥타브는 용호리 황토집을 가득 메웠다. 영화 보디가드의 OST 휘트니 휴스턴의 곡과 비교해 가며 소향님이 훨씬 부드럽고 고음으로 잘 넘어간다며 듣고 또 듣기를 했다. 그리곤 평택까지 가서 콘서트를 보고 오자고 하는 것이다. 밤이 되면 어느새 잔디밭은 음악 감상실이 되었다. 앵두 전구 반짝이는 파라솔 아래 앉아 소향의 노래를 감상했다. 커피 한 잔과 소향의 전율이 흐르는 목소리는 밤하늘을 가득 채웠고 우리는 오래도록 감동에 빠져들었다.

랑은 본인이 직접 해야 직성이 풀리는 사람이다. 축구도 자신이 해야 하고 노래도 자신이 불러야 한다는 사람이다. 가만히 앉아서 보거나 감상하는 것은 자신에게 맞지 않다고 하는 사람이다. 한창 일할 때는 시간도 없었고 여유도 없어서 그랬는지도 모르겠다. 그러던 사람이 소향님을 찾으니 난 놀랍기도 하고 신기하기도 해서 콘서트 예매를 했다. 평택은 랑의 고향이고 부모님 산소도 있는 곳이다. 아침 일찍 가서 산소에 갔다가 저녁 6시에 콘서트장으로 가기로 했다.

작년 겨울 평택 체육관을 꽉 채운 그날, 소향님의 무대는 체육관을 들었다 놨다 했다. 현장에서 느끼는 감동은 그 이상이었다. 소향은 이내 내 님도 되었다. 한 곡 한 곡 열과 성의를 다 보여 주는 그 모습에 반하였다. 랑의 표정은 감격 그대로였다가 끝내 눈물로 화답했다. 내 손바닥은 손뼉 치느라 하염없이 바빴고, 내 눈은 무대와 랑을 번갈아 가며 노래에 놀라고 랑의 반응에 놀랐다. 랑이 찾은 세계는 열리고 순간순간 감동과 흥분으로 진화 중이었다. 그의 눈빛을 바라보며 나도 신세계를 보았다. 길고 긴 세월을 살아오며 이런 감동과 흥분이 기다리고 있을 줄 몰랐다. 앞으로 이런 첫 경험을 또 할 수 있을지 모르겠지만 어디 첫 경험이 이것뿐이겠는가? 우리가 모르는 것이 얼마나 많은가?

이번 기회를 시작으로 우리의 첫 경험이 될 것을 찾아보고 싶었다. 번지 점프, 행글라이더, 헬리콥터 타기, 급류 타기, 트래킹, 밀림 탐험, 사막 걷기, 북극 여행, 세계여행은 얼마나 많은가? 작게는 오카리나 불기, 바리스타, 그림 그리기, 만들기, 요리하기, 분재 키우기 등 배우는 것도 목록에 넣을 수 있다. 그러고 보니 첫 경험이 될 만한 것이 생각보다 많다고 느껴진다. 나이 때문에 체력 때문에 실행에 옮길 수 있을지 의문이다. 작은 목표부터 시작해서 큰 목표로 가는 방법도 있다.

  존 고다드는 어렸을 적부터 어른들의 후회하는 이야기를 듣고 꿈의 목록을 적었다. 그 꿈을 성취해 가며 500여 개의 버킷리스트를 만들어 수없이 많은 경험을 90세가 넘도록 실행하신 분이다. 꿈의 목록은 탐험과 인생의 행복한 삶으로 그를 살아가게 했다. 그는 꿈을 이루는 데 필요한 것은 건강과 사람을 통해 배우고 공부는 평생 해야 한다고 했다. 교양은 마음을 살찌우고 돈은 꼭 필요한 수단이라고 알려준다. 나이는 숫자에 불과한 것인가? 말에는 살아있는 힘이 있어서 꼭 말한 대로 이루어지게 움직인다. 꿈의 목록으로 적으면 이루고자 하는 마음이 더 생긴다. 생각나는 대로 우리의 버킷리스트를 만들자. 크고 이룰 수 없는 꿈도 좋지만 해 보지 않았던 작은 것이라도 실행해 보도록 하자. 우리 꿈꾸는 대로 가 볼까요?

# 혼자 즐기는 연습

랑이 떠났다.

아침 일찍 일어나 우유에 콘을 넣어 먹고 여행 가방 챙기고 떠났다. 8월 말 원고 넘기고 함께 가자고 하더니 뭣이 급한지 혼자 갔다 온단다.

'땅끝 사람들'에서 보내는 정기간행물 주제가 제천 돌아보기였다. 목적지를 제천으로 하고 떠났다. 2박3일 차 박을 한다며 담요와 옷가지를 챙겼다.

난 혼자 떠날 수 있을까? 지금껏 살아오면서 홀로 떠난 여행은 없었다. 왜 한 번도 생각해 보지 않았을까? 할 기회가 없었는지, 필요를 못 느꼈는지, 지금은 알 수가 없다. 당연시하며 살아왔던 데로 습관대로 살아가나 보다. 그럼, 앞으로 기회가 온다면 난 혼자 갈 수 있을까? 아이들하고 친구랑 함께 가자고 하겠지?

톡 톡 울린다. 제천에서 케이블카를 타고 랑이 V를 그리며 찍은 사진을 보냈다. 정상에 올라 동영상도 찍어 보냈다. 물이 있고 산이 있는 제천도 경치가 좋아 보였다.


랑의 전화가 온다.
"오! 멋진데! 점심은 맛있는 거 먹었어!"
난, 반기며 물었다.


"혼자서 골라 먹기 그래서 냉면 한 그릇 먹었어!"
랑은 아쉬운 듯 툭 던진다.


"그래도 맛집 찾아 먹고 와, 어디로 갈 거야?"


"도서관 찾았어! 시원한데 들어가 책 읽을 거야."


"그래요, 또 전화해요!"


도스토옙스키의 '악령-하'를 들고 가더니 도서관을 찾아간다고 한다. 독서가 랑의 큰 취미가 되었다. 고등학교 때 취미를 이제야 실천하고 있단다.

서재에 앉아 글을 쓰면 어느새 다가와 말을 걸고 커피 마시자, 저녁은 뭘 먹을 거야, 산책하러 가자, 말을 붙여 방해하더니 날 돕겠다고 제천으로 향한 랑이 고마웠다. 부족한 내용 채우고 퇴고에 퇴고해도 수정할 곳은 자꾸 나온다. 책이 출판되고도 오타나 맞춤법 틀린 곳이 나오니 심혈을 기울일 단계다.

랑은 도서관에서 독서를 끝내려는지 전화도 없다. 집 떠난 사람에게 자꾸 전화하는 건 예의가 아니지, 하며 난 내 원고에 빠져서 있다 보니 밤 11시가 되어갔다.

현관문 버튼 누르는 소리가 났다. 딸이 왔나 하고 있었는데 소리 없이 서재에 들어와 '짠' 하고 놀라게 한다. 랑이었다.


"어! 뭐야 벌써 왔어?"

난 얼마나 놀랐는지 한참을 쳐다봤다.


"차가 자지 말라고, 뒤척일 때마다 경보음을 울려 못 자겠잖아, 그래서 왔어!"

"정말 어이없네, 그럼, 호텔에 가든가 하지, 이 시간에 집으로 와?"

난 진짜 어이없었다.


"이제 혼자 못 다니겠어! 앞으로 절대 혼자 가지 않을 거야!"

랑은 진심인 듯 고개를 흔들며 말한다.


"그려, 앞으로 함께 다니자고요!"


이제 외로운 것은 외롭다고 말한다. 드라마 보면서 눈물을 흘리는 랑이다. 감정을 꾹꾹 누르며 살았던 걸까? 아빠니까, 남편이니까, 언제나 어른이어야 하고 씩씩한 모습을 보여야 한다고 애썼나 보다. 사람은 누구나 연약한 모습이 들어 있는 것 같다. 정말 힘주어 꾹 눌러놓거나 감정을 표현하는데 자유롭지 못하다. 이젠 우리 울고 웃고 자유롭게 표현하고 살자고요. 그리고 혼자 지내는 것도 연습해야 하지 않을까? 언제나 우리가 함께 있을 수 없잖아요. 둘이도 잘하고 혼자서도 더 잘하는 연습을 하면서 삽시다.

우스갯소리로 나보다 더 살다가 오라는 말을 했다. 혼자 남아 살 수 있는 사람은 나보다 랑이 잘하겠다 싶었다. 인생에 있어서 삶과 죽음은 함께 가는 동반자라 생각한다. 죽음도 함께 이야기 나눌 수 있는 것이 건강한 삶이라 생각한다.

# 당신이 있어서 참 좋다

우리 처음 만났을 때, 친구 하자고 했었던 말 기억하나요?

정말 친구가 생긴 줄 알았는데 결혼까지 하고 살아왔네요. 아이들이 크고 나니 지금은 친구처럼 지내게 되네요. 부부란 이생에서 할 것, 못 할 것 다 하는 인간관계라는 생각이 듭니다. 세상 너 외에 아무도 없는 것처럼 사랑하고 살다가, 세상에 다시없을 원수처럼 싸우기도 하니까요.

시댁 관계나 아이들 키우면서도 서로 다툴 일이 왜 그렇게 많았는지요! 우리가 세상을 처음 살다 보니 생기는 일인 것 같아요. 그래서 이제는 서로에 대해 다 알게 되고 이해하고 노후는 이렇게 친구가 되어 살아가게 되나 봅니다.

막내 미성년자 탈출시키고 우리도 이른 은퇴를 하게 됐

어요. 노후의 우리 두 사람 살아가기 위한 욕심일 수도 있어요. 당신은 계속 일해서 아이들 생활 기반 다져줘야 한다고 했잖아요. 그것도 맞는 말이고 부모 마음이란 걸 알아요. 그렇게 일해서 아이들 마음을 만족시키려면 어떻게 해줘야 할까요? 그 정답이 있다면 더 노력해 보겠지만 끝이 없다고 생각해요.

아이들이 각자 좋아하는 일을 하며 살아가는 모습을 지켜봐 줍시다. 우린 울타리가 되어 있으면 좋겠어요. 아이들이 힘들고 쉬고 싶을 때 언제든 우리 울타리 안으로 와서 쉬고 힘을 얻고 갈 수 있도록 충전기가 되어 줍시다. 우리가 아이들 편하게 한다고 다 나눠주고 우리 좀 돌봐달라고 하면 아이들에게 부담이 될 거라 봅니다. 아이들 생각 존중해 주고 아이들이 살아가는 세상 아이들의 손에 맡기고, 우린 우리 둘의 손을 잡고 살아가요. 아직 나를 보면 가슴이 뛰나요? 그럴 리야 없겠지만 당신과 함께 손을 잡고 산책길로 나갔다 오는 걸 좋아한답니다. 누군가 함께 한다는 것. 함께 여행을 갈 수도 있고 맛집을 찾아 다녀오기도 하고, 서로를 잘 아는 사람끼리 함께라서 편하고 좋아요.

서로 다른 성격으로 만났지만 살다 보니 어느새 많은 것을 닮아간다고 느낍니다. 깔끔한 체를 하며 바지 주름 잡아 다려 입고 다니던 당신이, 세탁해서 탁탁 털어 입는 걸 보면 나처럼 털털하게 사는 걸 닮아가나 봅니다. 당신은 오래된 것 버리고 비우기를 원해도 따라 주지 못했네요. 이젠 느낍니다. 오래된 것들의 자리를 비워줘야 새로운 것이 자리를 잡을 수 있다는 것을. 당신이 살림남이 되었어도 잘 해냈을 거라고 생각이 듭니다. 앞으로의 살림을 당신에게 맡겨보면 어떨까 생각하는데 역할변화를 가져봅시다. 지금부터는 이 세상에서 우리가 진정으로 하고 싶은 것, 해보고 싶은 것을 실행해 옮깁시다.

　우리 처음 만나 얼마 안 됐을 때 당신은 꿈이라고 말했죠. 홍천에 있는 나무농장이 바라다보이는 언덕에 차를 세우고 고백했죠? 언젠가는 자신의 나무농장을 꾸밀 거라고. 언덕에서 내려가 농장을 방문했었죠! 60대로 보이는 노부부가 우리를 맞이해 주셨는데 우리가 그들의 나이가 되어가네요. 그 부부처럼 우리의 농장을 가질 수 있겠죠? 꿈을 꾸면 그 꿈을 향해 걸어가네요! 이제 그 꿈을 이룰 시간이 됐어요. 나무 묘목을 심어 가꾸며 만들어 가는 것도 함께 하고 싶어요. 우리 힘에 부칠 수도 있지만 할 수 있는 만큼 하면 되겠죠? 우리를 위해 가꾸는 일이 될 테니까요.

시골 생활이 당신한테 힘든 것이 많아요. 벌에 쏘이면 병원 응급실로 가서 응급조치를 취해야 하고, 은행 열매를 만지면 은행 독에 오르는데 말입니다. 이번 아치 울타리를 타고 올라가 머루 따는 데 애를 먹었죠! 머루 달콤한 향에 동네 벌이란 벌은 다 모여서 붕붕거렸는데, 나보고 저리 가 있으라고 하곤 당신이 사다리를 타고 올라가 땄죠. 그 열매는 얼마나 달았게요. 응급실에 갈지도 모르면서 벌을 쫓으며 머루 따던 당신이 고마웠어요.

요즘 고전 읽기에 푹 빠져 재미를 느끼며 독서에 열중하는 모습이 보기 좋답니다. 독서 후에 일기 쓰는 것도 배우고 싶어요. 마음은 있었지만 일기 쓰기가 쉽지 않거든요. 그걸 당신은 해냅니다. 진작 일기를 써 왔다면 이번 수필집 내는 데 도움이 엄청 컸을 텐데, 아쉬운 대로 원고 채우느라 고생입니다.

전국에 도서관이 마을마다 있는데 도서관 투어도 좋을 듯합니다. 둘이 독서하고 토론하는 것도 나름 뿌듯합니다. 서로 취미가 맞아 함께 나눌 수 있어서 좋아요. 우린 살아갈수록 닮아가며 같은 취미를 공유하는 게 하나씩 늘어가서 좋답니다. 친구로 만나서 결혼하고 다시 친구처럼 지낼 수 있어서 인생이 즐거워요.

글 쓰고 나면 여행 가자고 했죠? 조금만 기다려 줘요! 요즘 좀 더 편해진 우리 사이를 은근히 즐긴답니다. 내 곁에 당신이 있어서 참 좋습니다.

# 휴식 같은 노후

올여름은 긴 장마와 무더위로 힘든 날들을 보냈다. 그러나 7월은 시작과 함께 끝이 났음을 알고 깜짝 놀랐다. 8월 말에 책을 위한 원고를 넘겨야 하는데, 7월이 날아간 것 같은 기분은 왜일까? 1일이 시작되면서 31일이 눈앞에 다가온 느낌이었다. 애써 괜찮아! 8월이 남았잖아, 했지만 위로가 되지 않았다.

나에게는 첫 번째 출간하는 책이라 의미가 컸나 보다.

은퇴란 주제를 가지고 생각하니, 무겁지 않을까? 걱정됐다. 요즘에 은퇴는 또 다른 시작이며, 더 새로운 것을 하기 위해 결정한다. 그러니 어려운 일도 아니다. 그래서 우리 인생의 연장선상으로 봤다. 사회에 밀려서 내려놓는 것이 아니라 우리의 계획대로 은퇴를 결정했기에 큰 두려움은 없었다. 서로 자유가 없어질까 걱정하면서 원고를 퇴고하고 있는데

"자기 책이라며 왜 내 이야기만 해?"
남편은 서재에 와서 쓱 훑어보며 한마디 한다.

"은퇴는 자기가 했고, 그 후의 삶은 같이 헤쳐나가야 하니까 하는 거지."
남편 이야기 빼면 혼자 무슨 이야기가 있겠나 싶었다.

"그럼, 출연료 주나?"

"그런 게 어딨어? 나중에 책 잘 팔리는 작가 되면 드릴게! 이번엔 무료 봉사입니다."

인생 뭐 있어? 이렇게 살면 되지 않을까 하는 마음으로 시작해서 시간의 흐름대로 살아온 시간을 되짚어 보는 좋은 기회였다. 그땐 그랬지! 그랬구나! 그것으로 됐다고 생

각한다. 그때는 인생을 아는 만큼 산 것이다. 젊은 내가, 미숙한 우리가 힘겹게 살아온 삶이고 또한, 위기를 헤쳐 나온 대견한 삶이었다고 생각한다.

그리고 문학의 길로 안내해 주신 김용원 선생님께 깊은 감사의 마음을 전하고 싶다.

"일단 써 봐! 노후에 뭐 하며 살 거야? 내 책 하나 남겨야 하지 않겠어!" 글을 쓰도록 가르쳐 주고 격려해 주셔서 이렇게 용기를 내게 되었습니다. 선생님 감사드립니다.

누구보다도 나의 동반자 '랑', 글 쓴다고 시간 많이 배려해 줘서 고마워요. 혼자 용호리에 들어가 농사일 돌보고, 혼자 여행 갔다가 바로 돌아오며 '나 외로워' 하던 그 마음 이제 함께할게요.

손잡고 가는 우리의 앞날이 더 기대되는 오늘입니다. 감사합니다.